Contenido

AUN EN LAS MEJORES FAMILIAS

La familia de Jesús y otras familias de la Biblia parecidas a las nuestras

LIBROS DESAFÍO
2850 Kalamazoo Ave. SE
Grand Rapids, Michigan 49560-1100
EE.UU.

Título original: *Even in the Best of Families*
Autor: Jorge Maldonado
WCC Publications, Ginebra, Suiza © 1994

Traducción del autor
Título: *Aun en las mejores familias*
Impreso en los Estados Unidos de Norteamérica

Primera reimpresión por Libros Desafío: 1999

Línea Nueva Creación

Libros Desafío es un ministerio de CRC Publications, la casa de publicaciones de la Iglesia Cristiana Reformada en Norteamérica, Grand Rapids, Michigan, EE.UU.

Library of Congress Cataloging-in-Publications Data
Maldonado, Jorge, 1944-
(Even in the best of familes. Spanish)
Aun en las mejores familias: la familia de Jesús y otras familias de la Biblia parecidas a las nuestras / Jorge Maldonado.
p. cm.
ISBN 0-8028-0938-3 (alk. paper)
1. Family—Biblical teaching. 2. Bible stories, Spanish. 1. Title.
BS680.F3M2518 1996
261.8'3583—dc20 96-7910
CIP

Publicado por

LIBROS DESAFÍO
2850 Kalamazoo Ave. SE
Grand Rapids, Michigan 49560
EE.UU.

ISBN 1-55883-401-X

Prefacio

Afirma el conocido escritor irlandés C. S. Lewis que «los únicos hogares "ordinarios" parecen ser aquellos de los cuales no sabemos mucho, así como las únicas montañas azules son las que están a unos quince kilómetros de distancia.» En otras palabras, hay mucha diferencia entre las idealizaciones de una buena familia y lo que ésta es en la vida cotidiana. Las familias perfectas sólo existen en el país de los sueños.

A todos nos hace bien que esto nos lo diga alguien cuya palabra está apoyada por largos años de experiencia como pastor, educador y psicoterapeuta, como es el caso de Jorge Maldonado. Nos hace bien, especialmente si todavía estamos inclinados a pensar que los problemas que aquejan a nuestra familia son peculiares: no forman parte de los hogares «ordinarios» como los que se describen en algunos libros de autores cristianos.

Para mostrar que los problemas propios de las relaciones familiares se dan «aun en las mejores familias» nuestro autor recurre a las «historias» de siete familias de la Biblia: la de Jesús, la de Jacob, la del hijo pródigo, la de la esposa mencionada en Proverbios 31, la de Marta y María y Lázaro, la de la mujer samaritana y la del apóstol Tomás.

Por cierto, para usar tales historias de acuerdo con su propósito, frecuentemente tiene que llenar los vacíos de información valiéndose de lo que podríamos denominar «una imaginación santificada». Lo disculpa su clara admisión de que no pretende hacer «estudios bíblicos» sino ilustrar «diversas situaciones y diversos tipos de familia» a partir de la Biblia. El lector juzgará hasta dónde el autor ha logrado su objetivo. Por lo menos a quien esto escribe no le cabe ninguna duda de que en este pequeño libro Maldonado ha sabido poner la narración al servicio de la pastoral familiar. El resultado es una valiosa herramienta para la reflexión sobre temas de tan vital importancia como las etapas de las familias en su ciclo vital, la complejidad de las interacciones humanas, los misterios de la vida y de la muerte, el Reino de Dios, la solidaridad humana, la justicia, la paz y la integridad de la creación.

C. René Padilla

Introducción

En mi trabajo con iglesias en diversos contextos culturales, encuentro que una de las formas más directas y eficaces de aprender juntos en cuanto a la dinámica familiar y a las maneras funcionales de relacionarnos en nuestras propias familias, es por medio del estudio de las familias de la Biblia. No porque piense ingenuamente que las circunstancias históricas o los contextos socio-culturales sean los mismos, sino porque, a pesar de las distancias geográficas e históricas, hoy --como miembros de núcleos familiares diversos y de la gran familia humana-- podemos reconocernos en las luchas y esperanzas, en los logros y fracasos, en las penas y alegrías de las personas que experimentaron la gracia de Dios en épocas pasadas.

La Iglesia, en medio de sus desaciertos y limitaciones, ha orientado la vida familiar a lo largo de los siglos en los momentos más significativos. Ha creado una serie de rituales y ceremonias de transición para pasar de una etapa a otra y ha cuidado de sus miembros en situaciones de desamparo, vulnerabilidad y necesidad. Una de las herramientas más utilizadas en este trabajo ha sido, sin duda alguna, el estudio de la Escritura, tanto a nivel de la elaboración teológica como a nivel de la sencilla práctica de contar una y otra vez historias bíblicas.

Es así que, al contar «de nuevo» las historias de la Biblia, encuentro una inmensa riqueza a explorar para el ministerio docente y terapéutico de la Iglesia en su servicio a las familias hoy en día. El lenguaje bíblico --pleno de figuras literarias, cuadros, dramas, historias humanas y divinas en interacción-- es universal. Basta visitar un museo de arte o historia en Europa, Norteamérica o Australia, u observar la producción artística de las iglesias en Asia, Africa o América Latina para darnos cuenta de cómo las historias bíblicas se han entrelazado con las historias de los pueblos. Las historias bíblicas se comunican directamente con nuestra experiencia como humanos en el peregrinaje de la fe, nos recuerdan nuestra vocación humana, nos desafían a revisar nuestras relaciones, nos convocan a participar en la transformación del mundo.

Necesitamos, por lo tanto, tomar conciencia de que la Biblia como revelación de Dios se da en ámbitos y situaciones diferentes de las nuestras. No sería saludable, ni legítimo, ni teológicamente correcto pretender acomodar nuestras familias contemporáneas a las familias patriarcales y pastoriles de los tiempos bíblicos.

Podemos examinar en la Biblia las historias de familias con el propósito de «descubrir» su estructura, sus luchas, sus esperanzas, sus crisis, sus momentos más vulnerables, sus recursos, sus virtudes y sus defectos. Al hacerlo, nos daremos cuenta de que nos parecemos mucho, que el caminar de esas familias es el nuestro, que con ellas podemos aprender sobre nuestra propia historia, sobre las etapas de las familias en su ciclo vital, sobre la complejidad de las interacciones humanas, sobre los misterios de la vida y de la muerte, sobre el Reino de Dios, sobre la solidaridad humana, sobre la justicia, la paz y el cuidado de la creación.

Para examinar nuestras familias a la luz de las familias de la Biblia se requiere de un «ambiente de reflexión protegido». En otras palabras, sólo cuando existe suficiente distancia geográfica e histórica con la familia que estudio, me siento invitado a explorar --a la profundidad que yo escoja-- mis propias relaciones familiares. Hablar de los dolores de una familia «de hace más de veinte siglos» no es tan doloroso como hablar de las heridas de mi propia familia y tocar mis propias cicatrices.

La cultura occidental nos ha condicionado a leer la Biblia con ojos individualistas. Como resultado, hemos perdido la riqueza de examinar las relaciones interpersonales y de examinarlas en comunidad. Hablar de la realidad de mi familia en la comunidad de la fe, de los que nos acercamos en común acuerdo a la Escritura para edificarnos mutuamente, es sanador.

Me propongo examinar siete familias de la Biblia, tanto del Antiguo Testamento como del Nuevo. Para que el ejercicio sea grupal y participativo, propongo, al final de cada capítulo, una serie de preguntas generadoras de discusión grupal.

No pretendo elaborar ningún punto doctrinal, ni siquiera intento hacer estudios bíblicos. Mi estudio se enfoca en las relaciones que establecen los integrantes del sistema familiar tal como nos las relatan las páginas de la Biblia. Complemento muchas veces la falta de información del pasaje bíblico con elementos parecidos tomados de la observación de otras familias que he encontrado en mi práctica educativa, pastoral y psicoterapéutica. Ante todo, es un enfoque pastoral que apunta directamente al trabajo de la Iglesia.

Siete son las familias de la Biblia que componen este estudio con el propósito de ilustrar diversas situaciones y diversos tipos de familias. La primera es la familia de Jesús, una *familia nuclear* en un momento muy especial de su ciclo evolutivo, especialmente cuando en ella existe un adolescente que inicia una nueva etapa de su vida. El segundo estudio es el de una *familia extendida* del Antiguo Testamento, la de Jacob, en donde los conflictos, el poder de los nombres y los procesos de cambio son impactantes. La tercera familia, la del hijo pródigo, es una *familia incompleta*, en donde los deberes y los derechos han provocado una polarización entre los hijos que entran en la edad adulta. El capítulo cuatro enfoca otra familia nuclear, bien avenida, la de Proverbios 31, en donde *la mujer es la protagonista* de una serie de roles y relaciones atípicas para su época. El quinto estudio reflexiona sobre la *familia unigeneracional* de Marta, María y Lázaro, en donde la presencia de Jesús, la Vida, supera la sombra de la muerte. El capítulo seis trata de una *familia que nunca se formó*, la de la mujer samaritana, quien mediante el encuentro con Jesús en el pozo de Sicar es devuelta a su comunidad convertida en fuente de vida. El último caso ilustra una familia por ingreso voluntario, la *familia de la fe*, en la cual Tomás el incrédulo es sostenido en un momento de crisis de fe y de duda y es afirmado en su vocación y servicio al Maestro.

A través de estas familias de diversa configuración veremos cómo el cambio efectuado en uno de sus miembros afecta a los demás. Descubriremos, por ejemplo, cómo las familias --incluso las mejores y más saludablemente organizadas-- enfrentan dificultades como resultado de la mera transición de una etapa a otra en su desarrollo. Verificaremos que las relaciones familiares no se originan ni se agotan en la familia nuclear de sus protagonistas, sino que tienen raíces más profundas en generaciones pasadas. Además, veremos cómo «la familia de la fe», la iglesia, puede ser la comunidad terapéutica y sustentadora por excelencia.

Capítulo 1

Aun en las mejores familias

La familia de Jesús (Lc. 2.41-52)

A las familias de la Biblia no se las presenta como a nuestros héroes nacionales, de quienes sólo se mencionan sus logros y virtudes. En la Biblia, las familias están retratadas de cuerpo entero, con sus virtudes y sus defectos, con sus logros y sus fallas, en sus triunfos y en sus crisis.

Aun a esta familia excepcional, la familia de Jesús, escogida por Dios para ser el hogar de su hijo, el evangelista Lucas la describe en un momento de tensión, enfrentando un problema típico de familias con adolescentes, manejando una situación crítica, rodeada de fuertes sentimientos de angustia y desasosiego.

Características de la familia

Al leer el pasaje bíblico se puede apreciar una lista de características saludables de esta familia de artesanos. En primer lugar, ésta es una familia *piadosa.* Toma muy en serio su fe. A pesar de ser una familia pobre, de artesanos, se esfuerza por participar con regularidad en el evento anual más importante de la vida religiosa de su pueblo: la pascua. «*Iban sus padres todos los años a Jerusalén en la fiesta de la pascua*» (v. 41) no simplemente para «cumplir con la religión», sino como una expresión de su fe genuina y profunda. Podemos inferir la espiritualidad de esta familia no sólo por su peregrinación anual a Jerusalén, sino también por otros indicios igualmente importantes. Allí aprendió Jesús las primeras lecciones sobre la Ley y los Profetas. Su madre, que habría atesorado la visita del ángel, expresó desde la profundidad de su corazón creyente su cántico profético de alabanza y liberación que el evangelista Lucas recoge para la inspiración de todos cuantos aman la justicia y la paz. Su padre habría mantenido fresca la manifestación de Dios en sueños. Ambos habrían recordado con emoción la visita de los pastores y los magos. Juntos enfrentaron el exilio en Egipto y el retorno a Nazaret, convencidos de su papel especial en los planes salvíficos de Dios. En efecto, Dios no se equivocó al encontrar en el hogar de María y José el lugar más idóneo para que el Verbo de Dios se hiciera carne.

En segundo lugar, esta familia está *vinculada a su comunidad.* Ser una familia piadosa no significa aislarse de su contexto social. El relato nos dice que cuando José y María descubrieron que Jesús no estaba con la compañía que regresaba de la fiesta, «*...le buscaban entre los parientes y los conocidos*» (v. 44b). Aquí hay una familia que puede conjugar con naturalidad la dimensión vertical de su existencia (su piedad y su fe), con la dimensión horizontal (sus relaciones sociales, su vida en comunidad). La fiesta de la Pascua era precisamente una fiesta cívico-religiosa. Por un lado, se celebraba el «Día de la Independencia» de la nación y, por otro, era un recordatorio religioso de la intervención de Dios en la historia de su pueblo. Hoy en día encuentro muchas familias cristianas aisladas de su comunidad. No participan en los eventos sociales, ni en los proyectos comunitarios, ni en las fiestas cívicas. Pero la familia de Jesús no tenía conflictos en combinar su «vida espiritual» con su vida comunitaria, y esto, de seguro, contribuía a desarrollar una vida familiar saludable y equilibrada.

En tercer lugar, esta familia parece haber alcanzado ese *equilibrio* --siempre en proceso de cambio-- en la responsabilidad parental entre otorgar a un hijo que va creciendo mayor espacio para que ejerza su autonomía y, al mismo tiempo, mantener los límites que un adolescente todavía necesita para continuar desarrollándose. Camino de regreso a Nazaret, cuando Jesús no apareció a la hora del almuerzo, seguramente sus padres pensaron que él era suficientemente capaz de manejarse sin el omnipresente control de los mayores. Pensarían que Jesús estaría con algún pariente o amigo almorzando alegremente y confiarían en que él sabría cuidarse. Pero, cuando llega la noche él debe aparecer en casa a la hora establecida. Allí se dan cuenta de que no está y que hay que buscarlo.

También encontramos que en esta familia existe un *ambiente de sana comunicación*. En esta familia se puede dialogar y expresar los sentimientos, incluyendo la angustia (v. 48), se puede aclarar las cosas, hacer reclamos y confrontar (vv. 48-49). Y no sólo los adultos --generalmente los hombres, según las tradiciones patriarcales de la época-- tienen derecho a hablar: las mujeres y los niños también pueden expresar sus opiniones y discrepar (v. 49).

Por último, y sin agotar la lista de buenas cualidades y recursos de esta familia, se puede apreciar que hay un espíritu de *reconciliación y perdón*. Aunque los padres «*no entendieron*» (v. 50) todo lo que sucedía, volvieron a Nazaret, donde reanudaron su vida normal con Jesús «*sujeto a ellos*» (v. 51a) y la madre atesorando todas estas experiencias «*en su corazón*» (v. 51b).

El problema

Me pregunto, entonces, ¿por qué esta familia, tan equilibrada, saludable y buena, enfrenta un problema como éste? ¿Por qué una familia modelo como ésta no está exenta de problemas? Con frecuencia las familias piensan que tienen problemas por sus fallas o porque sus miembros no son lo suficientemente buenos. Tienden a acusarse entre ellos o a encontrar culpables fuera.

Las observaciones hechas en las últimas décadas relacionadas con el desarrollo familiar en conjunto aportan luz para el entendimiento de este pasaje bíblico y de este problema. Cuando los hijos crecen y se transforman en adolescentes suceden cambios significativos en su cuerpo, su mente y sus relaciones. Las familias se ven forzadas, entonces, a dar saltos cualitativos en la manera de relacionarse. No es lo mismo organizarse y vivir como familia con hijos pequeños, que hacerlo con hijos adolescentes o con hijos adultos. Hay que hacer un «cambio de marcha» para cruzar satisfactoriamente esas fronteras. Cuando el sistema familiar (ese conjunto de personas en interacción gobernadas por reglas y límites) se resiste a los cambios, con frecuencia surgen síntomas, como una llamada de auxilio para sensibilizar el sistema y prepararlo para la nueva etapa. Los problemas pueden surgir --como creo sucedió con la familia en consideración-- simplemente porque los seres humanos, viviendo en familia, no siempre hacemos esas transiciones de manera sincronizada. Los hijos crecen casi siempre más rápido que los padres y los padres no somos suficientemente sensibles a la intensidad de esos cambios en los hijos. Veámoslo en este pasaje bíblico.

El versículo 42 nos dice que «*...cuando [Jesús] tuvo doce años subieron a Jerusalén conforme a la costumbre de la fiesta*». Hasta nuestros días los judíos celebran el *Bar-Mitzva*, ritual mediante el cual se incorpora a los niños de doce años a la comunidad de adultos para que discutan la Ley. Hoy se sabe, por las investigaciones realizadas por Jean Piaget, que entre los once y los catorce años niños y niñas dan un salto cualitativo en su manera de pensar, en su desarrollo cognoscitivo. El adolescente ya puede pensar formalmente, ya puede discutir asuntos abstractos, ya puede intercambiar ideas con propiedad y soltura en el mundo de los adultos. Me imagino a Jesús viviendo con intensidad la espera de cumplir sus doce años para poder acompañar a sus padres, ¡por primera vez!, a Jerusalén y plantear ante los expertos las preguntas que tanto inquietan a un adolescente: cuestiones sobre Dios, sobre el bien y el mal, sobre la justicia, sobre el sentido de la vida, etc. Para los padres, como dijimos, el nivel de intensidad no era el mismo. Los doce años de Jesús requerían el obligado viaje a Jerusalén y ... ¡otra vela en la torta de cumpleaños! Me imagino diálogos como el siguiente en esos días de espera:

--Mamá, apenas faltan diez días para nuestro viaje; yo he pensado que...

--Cálmate, hijo, ya llegará el día ... Por ahora haz tus deberes.

--Papá, ya sólo faltan nueve días...

--Ya te he dicho que con afanarte no pasa más rápido el tiempo. Al contrario, parece que se prolonga. Vete a ayudar a tu madre.

Los padres tenían otras preocupaciones: hacer arreglos para el viaje, dejar suficiente comida para las gallinas, encargar a los vecinos o parientes sus otros hijos (Mr. 3.31; 6.3). Es decir que, mientras el hijo vivía la intensidad y la excitación de una nueva etapa, todas sus expectativas, los padres vivían la rutina de los quehaceres cotidianos y las demandas de los arreglos anuales para ir a la fiesta. Este año, sobre todo, hay exigencias económicas y sociales adicionales: llevan con ellos un adolescente que necesita un traje especial, que tiene que saber las buenas costumbres ... y que ¡come por dos!

Mi hipótesis, entonces, es que esta familia tan hermosa está por dar un salto cualitativo muy importante, pero no todos sus miembros están preparados para hacerlo de manera sincronizada: Jesús, por un lado, vive la excitación del momento, mientras que sus padres no lo perciben en todas sus implicaciones. El versículo 49 parece confirmar esta hipótesis. «*Entonces él [Jesús] les dijo: ¿Por qué me buscabais? ¿No sabíais que en los negocios de mi Padre me es necesario estar?*»

Así se explica cómo esta familia ejemplar desemboca en una típica crisis de desarrollo. Los miembros de este sistema, como sucede con la mayoría de las familias con su primer hijo adolescente, no han logrado prepararse adecuadamente para transitar juntos hacia una nueva etapa en su desarrollo conjunto. No es necesario recurrir a explicaciones que incluyan patología. No todo problema en una familia es señal de que «algo anda mal» o de alguna «enfermedad». Con frecuencia hay problemas en una familia saludable precisamente como una manifestación de salud, de crecimiento, de vida.

Demandas contradictorias

Además, toda familia se encuentra continuamente frente a dos demandas aparentemente contradictorias: por un lado, *mantener su identidad* para proveer continuidad y seguridad a sus miembros y, por otro, *cambiar* para adaptarse a las nuevas situaciones. En una familia, cuando no se logra combinar armoniosamente ambas demandas, o no se consigue hacerlo oportunamente, esta doble y permanente demanda tensiona la vida familiar en forma continua, pero al mismo tiempo le abre nuevos horizontes. Es como caminar sobre la cuerda floja, saboreando cada vez la satisfacción de haber superado un obstáculo. Cuando Jesús cumple doce años y está listo para el cambio, para funcionar a un nivel social diferente en su cultura (discutir la Ley con los miembros adultos de la comunidad), sus padres están temporalmente desubicados, no tienen experiencia en cómo manejarse en esta nueva situación y, aparentemente, esperan el mismo comportamiento infantil de Jesús.

Sabemos que la adolescencia es un fenómeno cultural. Mientras más se complica una cultura, más tiende a prolongarse la adolescencia ya que la vida adulta conlleva más responsabilidades y más requerimientos. En la antigüedad, como sucede hasta hoy en sociedades tribales, la adolescencia coincide con la pubertad, es decir, con la maduración fisiológica y la capacidad para la reproducción. Hoy en día el comienzo de la adolescencia está definido por la pubertad, pero su terminación --y por ende el ingreso a la edad adulta-- es muy ambigua y llena de demandas crecientes. No debe sorprendernos que las familias contemporáneas enfrentan mayores problemas de transición en esta etapa de su ciclo vital que las familias de nuestros antepasados. El inicio de la adolescencia conlleva la necesidad de reestructurar las relaciones familiares y encontrar un nuevo equilibrio que combine ambas aspiraciones de toda familia: la estabilidad y el cambio. Hay mucha literatura hoy en día sobre este punto. Si los sistemas familiares son rígidos y no cambian es probable que broten síntomas.

La búsqueda y el encuentro

Para mí, una de las enseñanzas de esta historia está en la manera en que se maneja esta situación tensa y delicada. Leemos: *«pero como no le hallaron volvieron a Jerusalén buscándole»* (v. 45). Cabe preguntarnos: ¿Por qué esta pareja piadosa, que confía en Dios, que ha tenido diversas experiencias extraordinarias del poder del Señor, no se queda tranquila orando y esperando la intervención de Dios en la solución de este problema? ¿Será que les falta fe? La respuesta es obvia. Cualquier pareja en una situación parecida, por más que tenga toda la confianza en Dios, no puede evadir su responsabilidad de padres. Al contrario, por ser creyentes tienen más responsabilidad. Ellos no titubearon: combinaron su confianza en Dios (me imagino que ellos y la comunidad que los acompañaba oraron y confiaron en lo que sólo Dios podía hacer, que era cuidar de Jesús, perdido en una ciudad extraña) y actuaron responsablemente (haciendo lo que sólo a ellos les correspondía hacer como padres, que era emprender la búsqueda del hijo). Comprendieron que Dios no iba a hacer algo que a ellos les había encargado hacer: criar y cuidar a los hijos. Y aceptaron que sólo Dios podía hacer algo que ellos no podían hacer: proteger al hijo cuando estuviera fuera de su vista. Esta formidable pareja de Dios, entonces, combinó acertadamente la fe y la acción.

No obstante, no encontraron a su hijo de inmediato. «...*Y aconteció que tres días después le hallaron en el templo...*» (v. 46). ¿Por qué demoraron tres días en encontrar a Jesús? ¿Dónde buscaríamos a un niño de doce años perdido en la capital? Comenzaríamos, ciertamente, buscándolo entre los amigos, los conocidos, los parientes. Luego iríamos a las plazas, los estadios, los cines, los juegos electrónicos. Finalmente, recurriríamos a la policía y a la Cruz Roja. En donde menos se nos ocurriría buscarlo sería en el templo. He aquí otro indicio para la comprobación de nuestra hipótesis: los padres no percibieron todo lo que significaba para Jesús su visita al templo de Jerusalén. Los comentaristas hablan de la «creciente conciencia mesiánica» de Jesús, de la cual sus padres no estaban totalmente alertados.

El cuadro de Jesús en el templo es fascinante. Lo vemos «...*sentado en medio de los doctores de la ley, oyéndoles y preguntándoles*» (v. 46b). Jesús se encuentra entre un grupo de adultos, pero este grupo de eruditos en la ley está fascinado con Jesús. Este niño prefiere permanecer tres días en el templo conversando sobre las Escrituras que ir a jugar con los otros muchachos en la plaza. Observemos que Jesús está «...*oyéndoles y preguntándoles*» (v. 46b). No está aceptando pasivamente todo lo que sale de la boca de los expertos; tampoco está haciendo alarde de sus conocimientos. ¿Dónde aprendió Jesús a dialogar? ¿Tomó acaso antes de su viaje un «Curso breve de diez lecciones para dialogar en el templo»? Evidentemente, se aprende a dialogar en el hogar. Allí los hijos aprenden a decir su palabra sin ser reprimidos, descalificados o avergonzados. En el hogar de Jesús, como se ha visto, se puede dialogar, hay espacio y «permiso» para que padres e hijos expresen sus pensamientos y sus sentimientos.

El versículo 48a dice que «*cuando le vieron, se sorprendieron; y le dijo su madre...*» Cuando pregunto a diversos grupos por qué habla la madre y no el padre, algunos me responden que la madre siempre es la más cercana a los hijos. Yo les explico que conozco padres muy cercanos a sus hijos y madres más distantes, y que el estereotipo que tenemos sobre ambos sexos no nos deja apreciar la realidad. Otros me dicen que la madre es la más sensible y la que carga siempre con la responsabilidad de criar a los hijos y educarlos. Hago notar que en la sociedad judía de los tiempos bíblicos, si en alguien recaía un poco más la responsabilidad de la educación religiosa de los hijos, era en el padre (Dt. 6.4-9). Cuando el pueblo de Israel se desviaba de la fidelidad a Dios, los profetas orientaban sus reclamos a los padres (Jer. 9.13-14).

Es conveniente considerar que en una sociedad patriarcal la mujer probablemente tenía el permiso cultural para expresar sus sentimientos, mientras que el hombre --como sucede también ahora-- tenía la obligación de controlarse. Esto es notorio en la sociedad machista latinoamericana. La mujer tiene «permiso» para llorar, gritar y desmayarse ante un problema; los varones carecemos de ese «permiso» y tenemos que tragarnos la angustia, el dolor y el llanto. Los varones «debemos» mantener la calma y buscar soluciones. Hay, por supuesto, hogares que tienen la valentía de desafiar los estereotipos e, incluso, invertir los roles asignados por la cultura: el varón se asusta, se confunde y se lamenta, mientras que la mujer mantiene la mano sobre el timón y maneja las situaciones. No es cuestión de ser más o ser menos capaz, inteligente, masculino o femenino, sino asunto de distribuirse y complementarse en sus roles y funciones. Aunque la madre, en este caso, es la portavoz, ella habla en nombre de los dos.

El clímax de esta historia

En el versículo 48b encontramos las palabras de la madre y el clímax de este relato: «*Hijo, ¿por qué nos has hecho así? He aquí, tu padre y yo te hemos buscado con angustia*». Tres verdades de gran importancia en la crianza de los hijos y en el manejo del hogar son dignas de notarse.

En primer lugar, con la frase «*Hijo, ¿por qué nos has hecho así?...*», la madre de Jesús, aun en el momento de la ofuscación hace un aporte genial al arte de criar hijos, al distinguir entre *el ser* y *el hacer* de Jesús. «*Hijo...*» quiere decir que su calidad de persona, su pertenencia a la familia, no ha sido alterada ni está en peligro. El amor de los padres no está condicionado a que Jesús haga o no haga cosas, a que se comporte de una u otra manera. Ella lo afirma a Jesús por lo que él *es:* su hijo. Cuando el ser del hijo ha sido afirmado y ambos, madre e hijo, saben que está intacto, ella pasa a desafiar con vehemencia su conducta: «*...¿por qué nos has hecho así?*» Cuando ejercemos juicio sobre el ser de un niño, estamos atacando su identidad, su integridad, y eso siempre es demasiado para cualquier persona. Si a un niño se le dice: «tú *eres* necio, malcriado, insoportable», y si lo repite todos los días con tanta certeza y fe, el niño se volverá exactamente lo que se le ha dicho que es. La palabra tiene poder para programar conductas. Una cosa es decirle a un niño: «tú eres», y otra cosa muy distinta: «tú has hecho». La primera tiene una carga emocional muy pesada. De modo que podemos y debemos confrontar la conducta sin necesidad de atacar el ser. El ser de nuestros hijos debe estar cuidado, protegido y afirmado. Necesita mantenerse intacto para poder desarrollarse saludablemente.

Los adultos también tenemos dificultad en manejar juicios sobre el ser. Si mi esposa me dice, por ejemplo: «Eres un desconsiderado», yo me siento impulsado a responder con otro juicio: «Es que tú eres muy exigente». Desde que aprendí esta distinción me va mejor en mis discusiones con ella. Si ella me dice: «Eres un desconsiderado», y siento que me va a caer esa tonelada de juicio sobre mi ser, me hago a un lado y le pregunto: «¿Qué *te hice* que te pareció una desconsideración?» Ella, entonces, puede señalar mis conductas y confrontarme: «no me has llamado por teléfono en todo el día y no me has mandado flores en las últimas veinticuatro horas, no has lavado los platos...» Puedo enmendar esto, está bajo mi control modificar mis conductas, pero siempre me desconcierto cuando recibo un juicio sobre mi ser.

En segundo lugar, la madre de Jesús dice: «*...tu padre y yo te hemos buscado...*» Aunque ella es la que habla, lo que dice incluye a la pareja: padre y madre, esposo y esposa enfrentan juntos la búsqueda del hijo. Uno de los axiomas fundamentales de la terapia familiar contemporánea es que, cuando la salud de la relación conyugal se encuentra afectada, todo el sistema familiar se resiente. «La relación conyugal es el eje central alrededor del cual se forman todas las otras relaciones familiares», expresa Virginia Satir, una de las pioneras de la terapia familiar. La unión de la pareja es de suma importancia en el manejo de los problemas familiares. Cuando la pareja se pone de acuerdo es poderosa y confiable: los hijos crecen seguros.

Una de las hipótesis básicas en el trabajo clínico con familias es que un hijo se mete en problemas para unir a los padres, aunque sea en contra de sí mismo y aunque signifique un estancamiento de su propio desarrollo. Los terapeutas familiares hemos confirmado vez tras vez lo que encontramos en los libros: cuando los padres se acercan emocionalmente y se ponen de acuerdo, el paciente sintomático mejora y el ambiente de toda la familia empieza a cambiar.

En tercer lugar, las palabras de María «*...te hemos buscado con angustia*» son muy reveladoras. ¿Cómo puede una pareja piadosa angustiarse? Es una pregunta que yo escucho con frecuencia, como si los sentimientos catalogados como «desagradables» fueran una contradicción a la fe. Dios nos ha hecho con sentimientos (alegría, tristeza, miedo, ira y amor) y con la capacidad de experimentarlos y expresarlos. La madre aquí verbaliza el sentimiento de angustia de ella y de su esposo --habla en plural-- y así nos da la clave de cómo manejar adecuadamente nuestros sentimientos. No los reprime (para luego tener un dolor de cabeza o un resentimiento que se acumula tarde o temprano). Tampoco explota descontroladamente (agrediendo al hijo o rompiendo los cristales del templo). Al verbalizar los sentimientos encuentra una manera saludable de manejarlos. Las diversas culturas tienen diversas maneras de manejar los sentimientos. Por lo general han prohibido su expresión. Así hemos aprendido a reprimir los sentimientos. La madre de Jesús nos enseña a expresar nuestros sentimientos de la manera más saludable: verbalizándolos.

Encuentro que no sólo los sentimientos «desagradables» son difíciles de expresar. Con los sentimientos que consideramos «buenos», como el amor y la alegría --dependiendo de la cultura en que hayamos sido criados--, sucede lo mismo. Como terapeuta familiar al trabajar con adolescentes que son traídos a consulta por su «mal comportamiento», encuentro muy útil un procedimiento de rutina para despejar un poco el ambiente emocional, con frecuencia muy cargado. Después de escuchar por un rato las preocupaciones de los padres, digo generalmente al padre:

--Veo que usted ama mucho a su hijo.

--Claro que sí --me responde-- de lo contrario no estaría aquí.

--Yo estoy de acuerdo, pero dígaselo a su hijo.

--El sabe que yo lo quiero. Mire, le he comprado una bicicleta, un equipo de sonido, lo he mandado de vacaciones a...

--Comprendo ... Ahora, dígale que lo ama. El necesita no sólo saberlo, sino oírlo de sus labios.

El padre se siente incómodo, se acomoda la corbata, traga saliva, mientras yo lo animo con mucha delicadeza a formular sus palabras de cariño. Al fin prorrumpe en una frase tímida: «Hijo, yo te quiero». Por lo general, el hijo, que ha seguido nuestro diálogo con atención y ve el esfuerzo del padre, al oír sus palabras rompe en llanto; los dos se abrazan, el hijo dice también que lo quiere y que no sabe por qué se porta así, etc. Cuando los dos se han calmado, le digo al padre:

--Explíquele, señor, a su hijo, ¿por qué le cuesta tanto decirle que lo quiere, si usted lo quiere tanto?

El padre generalmente añade:

--Me cuesta decirte que te quiero porque ... mi padre jamás me dijo que me quería.

Allí está presente un poderoso impedimento, transmitido de generación a generación, para expresar los sentimientos más hermosos, como el amor de un padre a su hijo.

El broche de oro

El versículo 52 pone el broche de oro a este pasaje al describir a Jesús en un proceso de desarrollo integral: cuerpo, mente, espíritu y relaciones sociales: «*Y Jesús crecía en sabiduría [intelectualmente], en estatura [físicamente] y en gracia para con Dios [espiritualmente] y para con los hombres [socialmente]*». Cuando comencé a estudiar psicología del desarrollo en la década del sesenta, era un gran avance que se definiera al ser humano en sus dimensiones biológica y psicológica. Luego, en la década del setenta, la dimensión social cobró reconocimiento. A partir de la década del ochenta la dimensión trascendente --los valores, la religión, la espiritualidad-- es cada vez más reconocida como un aspecto integrante de la realidad humana.

Es notable encontrar en este texto de casi dos mil años una visión integral del desarrollo de una persona. Lo físico, lo mental, lo social y lo espiritual son como cuatro patas de una mesa. Necesitan tener la misma longitud para que sirvan a su propósito. Cuando una de las patas se alarga o se encoge, la mesa pierde su equilibrio. Con alguna frecuencia me encuentro con padres que piden ayuda para que una hija que sólo se interesa en lo académico se interese también por salir de los libros y desarrollar amistades; o para que un joven, que sólo se preocupa por los deportes se interese igualmente por los estudios. Una vez, un pastor de una iglesia local nos remitió a nuestro centro de terapia familiar a un joven cuyo problema, según los pastores, consistía en ser «demasiado espiritual»: no trabajaba y tenía el «ministerio» de visitar a los hermanos a la hora de las comidas para exhortarles a vivir la vida cristiana. Su «pata espiritual» había crecido en desproporción a las otras.

Conclusión

Esta es la historia de una familia saludable en un momento de transición de una etapa a otra en su ciclo vital. Aun en las mejores familias pueden surgir problemas simplemente como parte del desarrollo y no necesariamente como señal de patología. Los padres, unidos como pareja, enfrentan el problema, distinguiendo entre el ser y el hacer de su hijo. Además, saben cómo expresar sus emociones. Todo acontece en un ambiente de compromiso, aceptación y respeto que permite el crecimiento integral del niño que va transformándose en adolescente.

Guía de estudio 1

Aun en las mejores familias

La familia de Jesús (Lc. 2.41-52)

Las familias de la Biblia no están dibujadas como nuestros héroes nacionales, de quienes sólo se destacan sus virtudes y logros y no sus errores y defectos. Las familias de la Biblia, por el contrario, están retratadas de cuerpo entero: en su fe y esperanza, pero también con sus limitaciones y luchas. Aun la familia de Jesús, a la que podemos considerar como una familia excepcional, es presentada en momentos de tensión y ansiedad cuando enfrenta un problema típico de la adolescencia.

Preguntas para la discusión:

1. ¿Cuáles son algunas de las características de esta familia? Identifíquelas en el pasaje.

2. A pesar de los muchos aspectos saludables, esta familia enfrenta un difícil problema. ¿Por qué? Sugiera algunas posibles razones.

3. El versículo 46 dice: "*...tres días después le hallaron en el templo...*" ¿Por qué los padres demoraron tanto en encontrar al niño Jesús? ¿Qué escena presenciaron?

4. El versículo 48 muestra a la madre diciendo: "*Hijo mío, por qué nos has hecho esto? Tu padre y yo te hemos estado buscando llenos de angustia*" (VP). ¿Por qué habla la madre y no el padre?

5. Observemos la inmensa sabiduría en las palabras de la madre:

a) *"Hijo mío, ¿por qué nos has hecho esto?"*
b) *"...tu padre y yo..."*
c) *"...te hemos estado buscando llenos de angustia."*

6. ¿Cómo termina la historia (vv. 49-52)? Observe el espíritu de reconciliación y de aceptación mutua (vv. 50-51) como el clima para el continuo crecimiento integral del niño Jesús (v. 52).

7. ¿Cuáles cuatro aspectos del desarrollo humano se mencionan en el último versículo de este pasaje? ¿Qué nombres actuales o científicos podrían darse a estos aspectos y cómo se aplican hoy en el desarrollo de nuestros niños?

Conclusión

Aun las mejores familias pueden tensionarse y enfrentar problemas en momentos de transición de una etapa a otra en su ciclo vital. Los problemas surgen muchas veces como parte del desarrollo normal de una familia. Se permite el crecimiento integral de todos sus miembros cuando las familias enfrentan los problemas distinguiendo entre el ser y el hacer de sus hijos y expresando sus sentimientos, en un ambiente de compromiso, aceptación y respeto.

Capítulo 2

La herencia del engaño

La familia de Jacob (Gn. 24-33)

Así podría titularse una película de pasión y violencia. El argumento podría ser el mismo que el que aparece en la Biblia: dos hijos rivales cuyos padres han hecho alianza cada uno con su hijo predilecto porque no pueden relacionarse directamente en forma satisfactoria. Los hijos aprenden las artimañas del engaño transmitidas de generación a generación como una tradición familiar. El nombre de uno de los hijos, Jacob (el protagonista de la historia), parece más bien un apodo en el cual se depositan las tensiones familiares no resueltas. Su vida se convierte en un continuo engañar y huir hasta que, al parecer, se le cierran todas sus salidas. Sin embargo, mantiene encuentros significativos con Dios, a veces en donde menos lo espera. Finalmente, en un momento crucial de su vida, tiene que enfrentarse con su pasado, lucha con Dios, sale afectado y transformado al mismo tiempo. Queda cojo, ya no puede huir más; y, al mismo tiempo, recibe un nuevo nombre. Su nombre vergonzoso, Jacob (*«el que toma por el calcañar»* o *«el suplantador»*), ha sido reemplazado por Israel: *«el que lucha con Dios y con los hombres y vence»* (Gn. 32.28).

La historia de esta familia que vivió hace casi cuatro mil años es apasionante. Aunque refleja dramas humanos parecidos a los nuestros, hay eventos, nombres, lugares y números llenos de símbolos que no nos permiten tomar el relato literalmente. Sin embargo, el Dios de Abraham, Isaac y Jacob --Padre de nuestro Señor Jesucristo y Padre nuestro-- nos ha hablado a lo largo de los siglos por medio de esta historia. Gente en todas partes del mundo sigue respondiendo al llamado de Dios a caminar por fe, continúa experimentando la misma gracia de Dios en sus familias y sigue poniendo a sus hijos e hijas los nombres de los protagonistas de esta historia.

El punto de partida

Para manejar la historia de Jacob es importante observar el casamiento de sus padres Isaac y Rebeca. En Génesis 24 se nos cuenta que cuando *«era Abraham ya viejo, y bien avanzado en años»* (24.1) se dio cuenta, de repente, de que para que Dios pudiese cumplir su promesa de hacer de su descendencia una nación grande, su único hijo Isaac precisaba tener hijos. Al parecer, Isaac no daba indicios de buscar una esposa, por lo que Abraham, preocupado, pide a su criado Eliezer --realmente el administrador de toda su casa-- que, bajo juramento, encuentre una mujer para su hijo de entre las mujeres de su tierra natal, la Mesopotamia, en la ciudad de Nacor (24.10c).

Mi primera pregunta en esta historia es, precisamente, por qué Isaac no toma la iniciativa en buscar una mujer para sí, y por qué espera tanto. La historia nos dice que tenía ya *«cuarenta años cuando tomó por mujer a Rebeca»* (25.20) luego del exitoso viaje del mayordomo de su padre. Cuando sus contemporáneos se alistaban para ser abuelos, él todavía no se había casado. Y no era que la costumbre de la época dictara tal cosa. Aunque la manera de contar los años en los primeros once capítulos de Génesis es un poco ambigua, es posible leer en Génesis 11.10-26 que sus antepasados inmediatos, aunque se afirma que vivirían casi medio milenio, engendraban sus hijos a una edad relativamente temprana.

El hecho de ser hijo único tal vez influyó en su dificultad de formar su propio núcleo familiar, aunque en aquel tiempo no se requería salir de la casa paterna para hacerlo. No sabemos si tal vez el haber experimentado tan cerca la muerte, cuando estuvo a punto de ser sacrificado por su propio padre en prueba de obediencia a Dios (Gn. 22), le habrá ocasionado algún trauma difícil de superar. Sin embargo, encontramos un indicio revelador en el vínculo muy estrecho con su madre Sara, con quien al parecer siguió fuertemente vinculado aun después de muerta, habitando en su tienda, sin aceptar consuelo hasta la llegada de Rebeca (24.67). Mientras que Abraham hizo duelo por Sara su mujer y la lloró (23.2), Isaac se refugió en la tienda de su madre, negándose a procesar su duelo.

La misión del mayordomo de Abraham, de encontrar esposa para Isaac, fue exitosa. Sin embargo, al observar el proceso por el cual la futura madre de Jacob fue llevada a su matrimonio, encuentro motivos de seria preocupación. El criado preparó su viaje de tal manera que nada quedara librado al azar: tomó diez camellos y los cargó de «*toda clase de regalos escogidos*» (24.10); acampó a su llegada a Nacor, con sus camellos arrodillados alrededor del pozo, justo a «*la hora en que salen las doncellas por agua*» (24.11); y pidió a Dios una señal demasiado fácil como prueba para conocer «*la que tú has destinado para tu siervo Isaac*» (24.14, 44). El negar agua a un forastero y a sus animales era, en aquellos tiempos, una descortesía condenable por toda la comunidad. Ninguna joven en sus cabales se habría atrevido a negar el agua a un hombre, a todas luces rico, con diez camellos cargados. En seguida, tal tradicional cortesía fue galardonada con «*un pendiente de oro que pesaba medio siclo y dos brazaletes que pesaban diez*» (24.22). Fue el agua más bien pagada del mundo. Rebeca se quedó sin aliento. Lo demás fue más fácil todavía: la invitación a quedarse en su casa (24.25), la recepción que le hizo Labán, hermano de Rebeca, impresionado por «*el pendiente y los brazaletes en las manos de su hermana*» (24.30) y la cena ofrecida (24.33), se sucedieron lo uno a lo otro.

La pseudo-salida de Rebeca

Todos están de acuerdo en que Dios ha guiado las circunstancias (24.50) y que la doncella Rebeca debe ir a Canaán para ser la esposa de Isaac (24.51). Entonces comienza la fiesta: Eliezer agradece a Jehová, entrega regalos a toda la familia, y todos «*comieron y bebieron ... y durmieron*» (24.54). Mi preocupación se acrecienta con la escena del día siguiente. Al rayar el alba, el criado «*levantándose de mañana, dijo: Enviadme a mi Señor*» (24.54). Se da, entonces, una discusión muy significativa en el seno de esta familia. Con mucho acierto, el hermano y la madre de Rebeca indican que todo esto es muy repentino, que la muchacha debe quedarse con ellos «*a lo menos diez días, y después irá*» (v. 55). Por supuesto, ni la doncella ni la familia están listas. «Apenas ha cumplido la edad para ir al pozo a buscar agua --piensa el padre-- y de repente se pone de novia.» «Todavía no he tenido oportunidad de enseñarle mis recetas de cocina --reflexiona la madre-- ni le he hablado de sexo.» «No puede irse sin que le hagamos su fiesta de despedida de soltera», medita el hermano. En verdad, no ha habido oportunidad de elaborar la salida. La familia de Rebeca intuye que algo falta en medio de este precipitado desenlace, y no sabe qué hacer ante la insistencia del criado de Abraham que invoca a Dios como testigo de su argumento (24.56). Pone, entonces, la carga de la decisión en manos de la inexperta doncella (24.57). Ella --me imagino yo--, deslumbrada por los regalos, las historias de tierras lejanas, la emoción de viajar al extranjero y la expectativa de su príncipe azul esperándola al otro lado del mundo, decide dejar la casa paterna sin elaborar su salida.

Hoy sabemos que una salida abrupta, no elaborada adecuadamente, corre el serio peligro de convertirse en una pseudo-salida y de que la persona cargue consigo los negocios no concluidos y los problemas no resueltos. Los pronósticos del éxito matrimonial son pobres.

Si yo fuera el ministro...

Si yo fuera el pastor llamado a casar a Isaac y Rebeca, tendría mis serias preocupaciones. En primer lugar, ninguno de los dos está preparado. Isaac no ha mostrado ningún interés en los arreglos para su boda. Ha sido su padre, con la ayuda de su criado, quien ha tomado toda la iniciativa. Isaac no ha construido su propia vivienda, sino que vive en la tienda de su madre sin haber podido recuperarse de su apego («mamitis» aguda). Por otro lado, la joven Rebeca, recién salida de la adolescencia, no ha elaborado la partida de la casa paterna ni ha recibido la preparación necesaria para sus obligaciones de casada. Parece que los dos vivieran en las nubes.

En segundo lugar, hay una diferencia de edad muy grande. Hay una generación de por medio. Rebeca es su sobrina. No se conocen, han sido criados en medios muy diferentes, sus intereses deben ser muy distintos.

En tercer lugar, me preocupan algunas características de ambas familias de origen. Abraham y Sara tuvieron a Isaac a la edad en que sus contemporáneos ya eran bisabuelos. El padre de Rebeca parece ocupar un lugar periférico en su familia: su hijo Labán dirige esta casa, habla por la familia, recibe los regalos y pone las condiciones.

Esta pareja debe saber que con todos estos factores en contra tienen ante sí el desafío de redoblar sus esfuerzos para desarrollar una relación aceptable, satisfactoria, para ni siquiera decir feliz. Los modelos de pareja más cercanos e influyentes que ambos tienen son deficientes.

Si ellos no toman conciencia de su situación y dan algunos pasos concretos hacia la solución de estos problemas, yo, como su pastor, tendría serias dudas en casarlos, aunque ellos afirmen que Dios mismo los ha dirigido el uno hacia el otro, o que están locamente enamorados y que el amor lo resuelve todo. Les pediría como requisito hacer un curso prematrimonial, en el cual tengan que contestar algunas preguntas con seriedad. Desde mi perspectiva pastoral, mejor romper un compromiso o aplazar la fecha de la boda, antes que entrar en una relación con todos los pronósticos en contra y con las probabilidades de que nunca sean «una sola carne» sino que vivan vidas paralelas, aunque formalmente unidas. Estaría en la obligación de decirles que si tienen hijos, corren el riesgo de ponerlos como intermediarios de su relación, si ésta no cuaja.

Genograma de la familia de Jacob

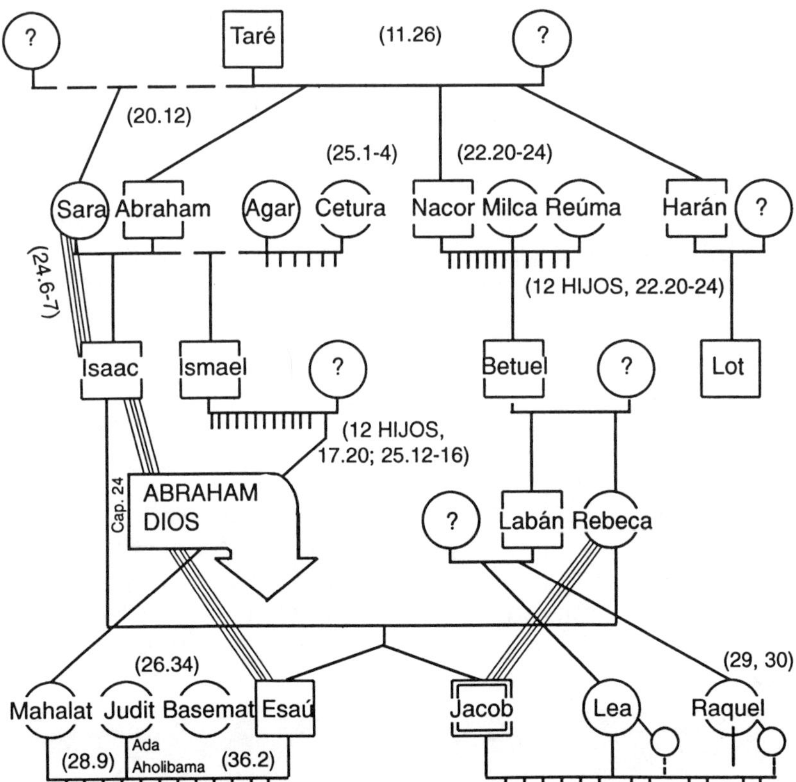

Mis temores se confirman

En el capítulo 25 de Génesis, mis temores se confirman. El versículo 21 nos dice que «*Rebeca no podía tener hijos*». El tema de la esterilidad es frecuente en la historia de los patriarcas. De alguna manera apunta a la acción sobrenatural de Dios en el cumplimiento de sus promesas y en la afirmación del pacto. Sin embargo, el tema tiene aquí unas tonalidades especiales. En otras historias de esterilidad (generalmente atribuida a la mujer), la mujer toma la iniciativa para enmendarla. Sara hizo arreglos con su criada para que le naciera un hijo por medio de ella (Gn. 16.1-2). Ana, la madre de Samuel, «*llorando y con el alma llena de amargura*» (1 S. 1.10-11a VP), oró al Señor y le prometió entregarle su hijo para su servicio. A la mujer estéril se la considera sin valor social, se la estigmatiza, se la ve bajo el castigo de Dios, por lo que ella se apresura a encontrar una solución. En nuestra historia Rebeca no se pone en oración y ruega por un hijo, sino que «*Isaac le rogó al Señor por ella. Y el Señor oyó su oración y Rebeca quedó embarazada*» (Gn. 25.21 VP). Rebeca, al parecer, no llegó a comprometerse ni con su marido ni con el proyecto de levantar una nación grande. Me parece verla en un continuo estado depresivo. La frase que sigue es elocuente: «*Pero como los mellizos se peleaban dentro de su vientre, ella pensó: "si es así ¿para qué seguir viviendo?"*» (Gn. 25.22). Rebeca estaba tan lejos de comprometerse, que ante el primer mareo del embarazo pensó que era mejor la muerte. Pero no sólo ella estaba lejos de comprometerse, sino también su marido. Esperó Isaac veinte años antes de inquietarse por la ausencia de descendientes. «*Isaac tenía sesenta años cuando Rebeca los dio a luz*» (Gn. 25.26 VP).

El día del alumbramiento

Llegó al fin el día del alumbramiento. Según la tradición, se asignaron los nombres. El primero nació cubierto de vello rojo y los allí presentes, alborozados por la exuberancia de vida del muchacho, lo llamaron *Esaú*, que significa «rojo» o «el velludo». El segundo nació agarrado del tobillo de su hermano y lo llamaron, sin mucho entusiasmo, *Jacob* (Ya'aqob), que significa «el que agarra del talón», lo cual desafortunadamente sonaba también como «el engañador».

«Y crecieron los niños» (25.27a), como era natural, pero cada uno fue especializándose en la vida de acuerdo con su nombre. Esau, el «hombre de pelo en pecho», se hizo *«diestro en la caza, hombre del campo»* (25.27b) ... y era el favorito de papá *«porque comía de su caza»* (25.28a). Jacob, por el contrario, *«era varón quieto que habitaba en tiendas»* (25.27c), tímido, hogareño, a quien su madre adoptó como predilecto: *«Rebeca amaba a Jacob»* (25.28b). Los padres que no lograron iniciar su relación ni desarrollarla de la mejor manera, ahora se separan tomando cada uno a un hijo para su bando. En vez de fortalecer el subsistema conyugal, no sólo hacen una alianza intergeneracional poco saludable, como siempre, sino impiden que el subsistema de los hermanos, la fratria, se desarrolle.

Pero eso no es todo el mal. A mi parecer, el nombre de Jacob empezó a constituirse en un problema para el muchacho desde muy temprano. Me imagino que cuando el padre llegaba del trabajo y llamaba «Esauuu...» (velludo), su hijo predilecto se presentaba orgulloso, ufano y con una gran sonrisa. Cuando llamaba luego «Jacooob...» (engañador), el segundo hijo no sabía dónde esconderse. Pensaba: «¿Y ahora? ¿De qué van a culparme?» En la escuela, cuando la maestra tomaba lista: «Esaú», él respondía con acierto: «¡Presente!». Cuando llegaba a «Jacob», los compañeros se reían de su nombre y en el recreo con crueldad lo señalaban: «Engañador, engañador». Así me explico cómo Jacob *«era un hombre tranquilo, y le agradaba quedarse en el campamento»* (25.27b VP), al amparo de su madre que lo prefería.

En la cultura occidental los nombres no tienen mayor significado, al menos aparentemente. En otros lugares del mundo se continúa llamando a los hijos, como en los tiempos bíblicos, de acuerdo con algún acontecimiento especial vinculado con la familia o con alguna característica de esa persona. Yo pienso que en toda cultura --lo admitamos o no-- hay mucha relación entre nuestro nombre y nuestra persona y conducta. En América Latina todavía no he encontrado un primer ministro que se llame Segundo, ni siquiera alguien con ese nombre que fuera el primero en una competencia o en su año de graduación de la escuela: sería una contradicción de términos. Una joven llamada Remedios se preguntaba por qué había escogido la profesión de enfermera. La niña a la que se la llama Dolores estará más propensa a sufrir los golpes de la vida para justificar su nombre, a menos que siga lo que aconseja la sabiduría popular: cambiar su nombre por el simpático apodo de «Lolita».

En uno de mis viajes por México para dirigir un retiro de parejas, me encontré con una simpática pareja muy comprometida con el trabajo en la iglesia. Ella era un poco gordita y él bastante delgado. Ella se quejaba de ganar peso sin explicación aparente. El esposo, en cambio, comía todo lo que quería y seguía tan delgado como siempre. Pronto me di cuenta de que no se dirigían el uno al otro por sus nombres, sino que él la llamaba con mucho cariño «mi gorda» y ella le devolvía el cumplido llamándolo «mi flaco». Después de haber desarrollado la amistad y un poco de confianza, les expliqué la manera en que nuestra palabra puede crear --o al menos fortalecer-- las cualidades que nombramos. Les propuse un cambio radical en su trato: que invirtieran sus apodos al menos por un par de meses; que él se dirigiera a ella llamándola «mi flaca» y ella lo llamara «mi gordo». Después de muchas risas, al señalar lo absurdo de la idea, y de ensayar varias veces el nuevo trato en medio de carcajadas, decidieron adoptar la propuesta, como un ensayo. Un año más tarde, cuando volví para otro retiro, ella había rebajado substancialmente de peso, aunque él seguía tan delgado como siempre. Los he visto muchas veces más, desde entonces. Ya se llaman por sus respectivos nombres. Aunque seguramente muchos otros factores intervinieron en la disminución del peso de ella, me gusta pensar que un pequeño ingrediente fue la manera diferente de llamarse el uno al otro.

Una pesada herencia familiar

A Jacob (el engañador), su nombre le fue muy adverso. Jacob --el que nació agarrado del talón o el que *«hace trampa»* (27.36 VP)-- actuó muchas veces de acuerdo con su nombre. Engañó a su hermano: aprovechándose del hambre de Esaú, le compró la primogenitura por un plato de lentejas (25.29-34). Engañó a su padre al suplantar a su hermano Esaú para recibir la mejor bendición (27.18-35). También engañó a su suegro Labán (30.40-43). Al mismo tiempo, Jacob fue engañado muchas veces. En el día de su boda, su suegro le entregó a Lea y no a Raquel, la mujer a quien Jacob amaba y por la que había trabajado siete años. Su suegro le cambió «*el salario diez veces*» (31.7a). Jacob se vio envuelto en un remolino de engaños: engañó y fue engañado.

Sin embargo, al observar un poco más de cerca a su familia, podemos concluir que él llegó a ser una especie de chivo expiatorio de las prácticas tramposas de todo su clan. También engañaron sus parientes: Abraham (12.10-18), Abraham y Sara (20.1-2), Isaac (26.6-7), Rebeca (27.5-10), Esaú (25.29-34), Labán (29.25; 30.35; 31.7), Raquel (31.19, 34-35), etc. Con cuánto poder las conductas y actitudes se transmiten de generación a generación sin que sus miembros se den cuenta. Mientras más antigua sea la historia de lealtades, deudas y prácticas en una familia, más afianzadas estarán en el subconsciente de sus miembros. Con frecuencia me encuentro con familias que ponen a sus hijos los nombres de un pariente muerto, de un abuelo dominante o de una tía famosa. Los hijos llevan sobre sus hombros una carga muy pesada de la cual no pueden librarse sino mediante un proceso consciente de diferenciación. Generalmente ese punto les llega después de un duro batallar en la vida. En nuestra historia, Jacob parece haber llegado al punto de estar harto de una vida de engaños y decide volver, por dirección de Yahveh, «*...a la tierra de tus padres, y a tu parentela ... a la tierra de tu nacimiento*» (31.3, 13). Ese retorno lo confronta con su pasado y con las consecuencias de sus acciones.

Después de consultar con sus esposas Lea y Raquel (31.4), la familia decide emprender el camino de regreso a Canaán. Luego de una serie de intentos de Jacob por salir de la casa de Labán, e intentos de Labán por retenerlo, los dos patriarcas dejan de luchar el uno contra el otro. Se aceptan mutuamente en una nueva etapa de su desarrollo, como personas autónomas, con sus derechos y obligaciones que los dos deciden respetar. En el desierto, ambos levantan un altar que pone a Dios por testigo (31.48-53), celebran con una comida su nueva relación, y descansan (31.54). Al día siguiente «*se levantó Labán de mañana, y besó sus hijos y sus hijas, y los bendijo; y regresó y se volvió a su lugar*» (31.55). Así se cierra este capítulo tumultuoso de la vida de Jacob y éste queda libre para enfrentar ahora una prueba mayor, el encuentro con su hermano Esaú, porque el proceso de restauración y sanidad todavía no ha terminado.

El encuentro con Dios ... y con su hermano

Para enfrentarse con su hermano, Jacob necesitó más que sus fuerzas humanas: necesitó ángeles a su alrededor (32.1-2). Como preparación para su encuentro con Esaú, Jacob envió mensajeros con las noticias de sus logros materiales (32.3-5), quienes regresaron con la noticia que Esaú venía a su encuentro con cuatrocientos hombres. «*Entonces Jacob tuvo gran temor, y se angustió*» (32.7). Preparó con mucho cuidado los detalles del encuentro: distribuyó a la gente y sus bienes en dos campamentos, en caso de un ataque (32.7-8); se puso en ferviente oración, suplicando a Dios el cumplimiento de sus promesas (32.9-12); y envió grupos de siervos acompañados de lo mejor de su ganado, animales jóvenes con sus crías (32.13-20) para intentar apaciguar la ira de Esaú (32.20). Luego intentó dormir, pero no pudo. «*Aquella noche...*» (32.22) hizo que su familia pasase el arroyo, de modo que «*se quedó Jacob solo*» (32.24a). A solas con Dios tuvo que librar una batalla muy significativa: enfrentar las consecuencias de su acciones y comenzar una nueva etapa en su vida.

El Todopoderoso se hace presente a Jacob mediante «*ángeles de Dios*» (32.1) y mediante «*un varón*» (32.24b) que lucha con Jacob «*hasta que rayaba el alba*» (32.24c). En ese encuentro, en esa lucha --difícil de entenderla en su totalidad con las categorías mentales del siglo XX-- Jacob se agarra de Dios y no lo suelta «*si no me bendices*» (32.26). El diálogo que sigue es de extrema importancia. El varón le pregunta por su nombre y se lo cambia por «*Israel; porque has luchado con Dios y con los hombres, y has vencido*» (32.28). Desde ahora Jacob, el engañador, ya no es más tal persona. Su identidad ha sido cambiada, el peso de la herencia vergonzosa del engaño de varias generaciones ha sido quitado, la alegría de un nuevo comienzo se ha hecho presente. Ahora puede levantarse Jacob con la seguridad de que ha visto a Dios cara a cara y que ha sido librada su alma (32.30). Ahora «*le salió el sol*» (32.31) y, aunque cojea, está físicamente exhausto y vulnerable, y no puede huir: su ser ha sido transformado y afirmado con un nuevo nombre, una nueva identidad que supera y desplaza a la primera. Ahora Jacob puede alzar sus ojos (33.1) y mirar a su hermano que se le aproxima y al futuro que tiene por delante. Ya que su alma ha sido librada de la culpa, el temor y la angustia, puede ver el rostro de Esaú no como si viera una pesadilla, sino «*como si hubiera visto el rostro de Dios*» (33.10).

Conclusión

Tanto el matrimonio como la paternidad/maternidad requieren compromisos que deben ser asumidos conscientemente. De lo contrario, tanto la relación de pareja como la relación con los hijos y la de los hijos entre sí se verá afectada. Isaac y Rebeca, al no relacionarse recíprocamente en forma funcional y satisfactoria, distanciaron a los hijos entre sí formando dos bandos rivales en su familia: cada progenitor con su hijo predilecto.

El caso de Jacob muestra la complejidad de una herencia intergeneracional que se combina con un tipo de «programación» recibida con el nombre. Dios tuvo que cambiarle el nombre para lograr una transformación radical en su persona, pero sólo lo hizo cuando Jacob estuvo dispuesto a luchar por ello.

De todos los patriarcas que el pueblo judío podía haber escogido para tomar su nombre y designarse a sí mismo, eligió a Israel y no a Abraham o Moisés. Hay algo en este personaje que ha cautivado la imaginación de toda una nación. Se levanta como el símbolo de cuantos no aceptan conformarse a los moldes de la época. Nos recuerda que Dios está de parte de los que luchan por un mundo de mayor justicia e igualdad y que se hace presente para ayudarlos. Jacob representa a hombres y mujeres que están dispuestos a luchar «*con Dios y con los hombres*» (32.28) y se empeñan en salir victoriosos. Sobre todo nos muestra el compromiso de Dios en transformarnos para bien, no importa cuán pesada y tortuosa sea nuestra herencia.

Guía de estudio 2

La herencia del engaño

La familia de Jacob (Gn. 24-33)

La historia de esta familia extendida de hace casi cuatro mil años es apasionante. Refleja dramas humanos parecidos a los nuestros. El Dios de Abraham, Isaac y Jacob --Padre de nuestro Señor Jesucristo y Padre nuestro-- nos ha hablado a lo largo de los siglos por medio de esta historia. Gente en todas partes del mundo sigue respondiendo al llamado de Dios a caminar por la fe, continúa experimentando la misma gracia de Dios en sus familias y sigue poniendo a sus hijos e hijas los nombres de los protagonistas de estas historias.

Preguntas para la discusión:

1. Observe la edad de Isaac cuando se casó con Rebeca (25.20). ¿Quién tomó la iniciativa para este matrimonio (cap. 24)? ¿Por qué no se interesó Isaac? (cf. 24.67).

2. ¿Cómo fue escogida la esposa para Isaac? La familia de Rebeca quiso demorar el viaje de la novia por lo menos «*diez días*» (24.55). ¿Para qué? ¿Qué imprudencia --o injusticia-- se cometió al dejar la decisión en manos de la joven?

3. Si usted fuera el pastor invitado a casar a Isaac y Rebeca, ¿Cuáles serían sus preocupaciones respecto a la pareja?

4. El tema de la esterilidad se repite varias veces en la historia de los patriarcas. Se subraya así la intervención sobrenatural de Dios en cumplir sus promesas. Pero aquí hay tonalidades especiales: observe cómo actúan los esposos (25.21, 26 y 25.22-23).

5. Poner nombres a personas hoy en día no tiene el mismo significado --y poder-- que tenía en los tiempos bíblicos ¿Cómo fueron afectados los mellizos por los nombres que recibieron al nacer? Observe los rasgos de carácter y de conducta de ambos y la manera en que se comportaban sus padres (24.27-28; 27.1, 5 , 6, 8).

6. Jacob --que significa «agarrado del talón» y que suena a «el que hace trampa»-- actuó muchas veces de acuerdo con su nombre. Sin embargo, al observar de cerca a su familia extendida podemos concluir que él llegó a ser el chivo expiatorio de las prácticas tramposas de todo su clan. También engañaron sus parientes Abraham (12.10-18), Abraham y Sara (20.1-2), Isaac (26.6-7), Rebeca (27.5-10), Esaú (25.29-34), Labán (29.25; 30.35; 31.7), Raquel (31.19, 34-35). Reflexione en cuán poderosa es la herencia de conductas y valores intergeneracionales. ¿Hay otras características de esta familia que se repiten generación tras generación? ¿Cuáles son?

7. ¿Cómo pudo Jacob librarse de esta pesada carga intergeneracional? ¿Cuándo comenzó ese proceso de diferenciación? ¿Cuándo culminó y cómo? (32.22-32).

Conclusión

Tanto el matrimonio como la paternidad/maternidad requieren compromisos asumidos conscientemente. De lo contrario, tanto la relación de pareja como la relación de *ambos* con los hijos se ven afectadas. Isaac y Rebeca, al no relacionarse satisfactoriamente entre sí, hicieron alianzas indebidas con sus hijos. En el caso de Jacob, su vida se le complicó con el tipo de «programación» que recibió con su nombre. Dios tuvo que cambiarle de nombre para lograr una transformación radical en su persona, pero sólo lo hizo cuando Jacob estuvo dispuesto a luchar por ello.

CAPÍTULO 3

Deberes y derechos

La familia del hijo pródigo (Lc. 15.11-32)

Jesús, maestro ejemplar, supo extraer magistralmente de sus observaciones cotidianas las más exquisitas parábolas para explicar de manera concreta las complicadas verdades del Reino de Dios. Esta parábola no es la excepción. Me atrevo a afirmar que Jesús la elaboró sobre la base de su conocimiento personal de una familia de carne y hueso como ésta, puesto que todo el relato refleja la experiencia de una familia con una estructura definida y en un momento específico de su desarrollo.

No desconozco que la intención primaria de la parábola, como la mayoría de los comentaristas sostiene, es resaltar el hecho del amor incondicional de Dios el Padre que se alegra y «hace fiesta» cuando un hijo, que ha malgastado su vida, vuelve en arrepentimiento y fe, y es restaurado a su calidad de hijo.

¿Dónde está la madre?

Como terapeuta familiar, entrenado para ver no sólo a los miembros presentes de una familia, sino también --y sobre todo-- a los ausentes, ante el relato: «*Un hombre tenía dos hijos...*» (v. 11), mi primera pregunta es sobre la madre: ¿dónde está ella? ¿Por qué no se la menciona en ninguna parte del relato?

Es cierto que en el tiempo de Jesús sus mismos discípulos no contaban «*a las mujeres y a los niños*» (Mt. 14.21). En la cultura circundante no se mencionaba a las mujeres. En la sinagoga, de acuerdo con algunos relatos, las mujeres tenían que sentarse en un lugar secundario, detrás de los hombres. Pero Jesús resistió comportarse con las mujeres de acuerdo con los patrones de la época. Cuando nadie quería hablar con una mujer y menos con una samaritana de dudosa reputación --a tal punto que ella venía a recoger agua a mediodía cuando el pozo estaba desierto-- Jesús inició la conversación que la rescató de su soledad (Jn. 4.7-30). Cuando sus discípulos se afanaban por que el Maestro no fuera perturbado por los niños --y las madres detrás de ellos-- Jesús hizo espacio para los niños, proclamó que no se les debe impedir acercarse y los puso como modelos por excelencia de los que entran al Reino de los cielos (Mr. 10.14). Cuando la multitud enardecida quería apedrear a una mujer tomada en adulterio, según indicaba la ley, Jesús se interpuso y desarmó a sus acusadores (Jn. 8.3-11). Cuando Jesús necesitaba de un merecido descanso iba a la casa de Marta, María y Lázaro y entablaba diálogos teológicos con ellas (Lc. 10.38-42). Entonces, ¿por qué no mencionó Jesús a la madre en esta familia?

Tengo una hipótesis sencilla que se confirma luego al observar cómo está organizada esta familia: la madre seguramente ha muerto. No se nos dice cuándo, aunque es obvio que no ha sido recientemente porque la familia ya no está de duelo. Sin embargo, su desaparición ha forzado a una reestructuración típica de familias que pierden uno de los progenitores: el hijo mayor se parentaliza, es decir asume responsabilidades del progenitor ausente para mantener el equilibrio (la *homeostasis*) familiar. El hijo primogénito, que experimenta en carne propia la inexperiencia de los padres y en quien recaen las expectativas de ser «el ejemplo» de sus hermanos, por lo general, en un proceso del cual no es consciente, «decide» llenar los vacíos dejados --en este caso-- por la madre. De esta manera se afirma en su papel de modelo: no hace reclamos a su padre (v. 12); al contrario, siempre lo obedece (v. 29b), se dedica al trabajo con ahínco (v. 25) y no malgasta los recursos en divertirse con sus amigos (v. 29c). En fin, es un hijo ejemplar. A él jamás se le hubiera ocurrido pedir a su padre la parte correspondiente de su herencia.

Una polarización de funciones

En una familia como ésta, con un hijo mayor modelo --objeto de envidia de los padres y de las madres del vecindario-- se corre el peligro de una polarización de funciones, es decir, de que sus miembros se vayan a los extremos para mantener el equilibrio familiar, como en efecto sucede en la familia que nos ocupa. De lo contrario, la pequeña barca familiar corre el peligro de virarse por el peso acumulado en un solo costado. Alguien tiene que poner el equilibrio en la familia, y el hijo menor --sin que lo haya decidido conscientemente-- sale al auxilio. Si el hijo mayor se ha especializado en sus obligaciones y deberes, el hijo menor tendrá que especializarse en sus derechos y privilegios. Si el hijo mayor trabaja con toda «responsabilidad» de sol a sol, el menor se divierte con toda «libertad». Si el mayor ahorra para los malos tiempos, el menor despilfarra en diversiones ante los ojos aterrorizados de su hermano. Si un hermano se refugia en el trabajo como una manera de compensar la pérdida de la madre, el otro llena la casa con amigos y con música, a fin de alejar a la familia del dolor y la tristeza.

Toda polarización tiende a escalar, a producir conductas exageradas en sus extremos: a medida que el mayor dedica más horas al trabajo --pues «alguien tiene que poner el pan sobre la mesa»--, el menor se transforma en bohemio «irresponsable» en su intento de rescatar a la familia de la depresión y del aburrimiento. Esto, a su vez, activa mayores preocupaciones en su hermano mayor que se va a los extremos de su «responsabilidad», lo cual en turno estimula conductas «relajadas» extremas en el otro, a fin de que la barca familiar no zozobre. Este es un equilibrio muy agotador, frágil y delicado de mantener. Ambos hermanos están presos en una ilusión de alternativas dolorosas y malsanas: insistir en su posición extrema a fin de mantener el equilibrio, o ceder y sucumbir. Ninguno, en este punto, se da cuenta de que puede enfrentar la polarización introduciendo cambios que involucren a los dos, mediante los cuales ambos decidan ser igualmente responsables y divertidos; disfrutar de sus derechos y ejercer sus obligaciones; trabajar y tomarse vacaciones.

En mi trabajo con familias encuentro otras polarizaciones similares. En hogares donde están vivos ambos progenitores, el padre se ha especializado en la disciplina de los hijos y la madre en dar afecto. La madre espera al padre con la lista de quejas para que «ponga las cosas en orden». El asume su rol con seriedad e impone sanciones. La madre piensa que tales medidas son muy drásticas y se ablanda con los hijos. El padre juzga que la familia va a la deriva y «ajusta los tornillos». La madre cree que es demasiado para los «pobres chicos» y los consiente aún más, ante lo cual el padre, etc., etc. La escalada de conductas polarizadas puede llevar a situaciones verdaderamente intolerables. Los golpes de la vida o, cuando éstos fallan, el asesoramiento familiar pueden ayudar a reconocer la polarización, lograr acuerdos y ensayar nuevas maneras de relacionarse entre los padres y sus hijos. En este nuevo acuerdo el padre y la madre ejercen disciplina y ambos dan afecto.

Con frecuencia, una polarización no se resuelve sin una crisis en la cual, por la ansiedad acumulada y el agotamiento de los propios recursos, una persona --y una familia-- está dispuesta a cambiar. La historia de la familia del hijo pródigo es un ejemplo admirable, como lo veremos más adelante.

La partida en busca de...

El versículo 13 nos dice que *«no muchos días después, juntándolo todo el hijo menor se fue...»* Yo me pregunto qué edad tenía este muchacho. Me parece leer entre líneas que este joven --experto en sus derechos y privilegios-- esperaba obtener su mayoría de edad para salir de la casa paterna. Tan pronto cumplió digamos los 18 años (o su equivalente en el ambiente de su época) y cuando todavía estaban humeando las velas de su torta de cumpleaños, se despidió de su padre y de su hermano, y partió lejos. ¿Qué buscaba este joven? ¿Qué lo impulsaba a salir de la seguridad del hogar para enfrentar el mundo con sus demandas? Evidentemente, buscaba diversión, alegría, aventuras, libertad, experiencias, ¡vida! Además, todo joven, para completar su adolescencia, tiene una tarea impostergable que realizar: definir su identidad. El tiene que encontrar quién es y para qué sirve, cuál es el lugar que ocupa en el mundo y cómo va a encaminar sus esfuerzos para lograr su objetivo. En efecto, cuando se entra en la edad adulta sin un sentido claro de la identidad, se vive como perdido en el espacio, y se requiere retomar más adelante --tal vez después de muchos dolores, en una «segunda adolescencia»-- esa tarea incompleta. En un ambiente familiar polarizado, como parece ser el hogar del hijo pródigo, esa afirmación de la identidad resulta difícil de lograr porque los espacios para hacer ensayos se han reducido y la tensión de mantener los equilibrios no saludables agota todas las energías. Es notable en esta historia, que el padre --que ilustra a Dios mismo-- no detiene al hijo ni trata de persuadirlo a quedarse. De esta manera acepta, reconoce y valora los derechos del hijo.

De hecho, a ambos hijos les da derecho sobre la herencia: *«les repartió los bienes»* (v. 12c).

Que un joven busque la libertad, la diversión, la identidad, la vida, es algo normal, natural y necesario. Encuentro que esos son derechos humanos básicos otorgados por el mismo Creador y confirmados vez tras vez en las Escrituras. Leo en la Biblia que a Dios le gusta la libertad, que le desagrada todo tipo de esclavitud. Cuando Israel padece servidumbre en Egipto, Dios *«extiende su diestra»* (Dt. 15; Hch. 7.34) para liberarlo, y envía a su hijo, para que por medio de su Espíritu nos libere *«del pecado y de la muerte»* (Ro. 8.2). Leo también en la Biblia que a Dios le gusta la alegría y la fiesta, que de él procede *«toda buena dádiva y todo don perfecto»* (Stg. 1.17) para bien del ser humano. Por eso San Pablo exhorta a los cristianos: *«Regocijaos en el Señor siempre. Otra vez digo: ¡regocijaos!»* (Fil. 4.4). Hallo que es la voluntad de Dios que nos encontremos a nosotros mismos a fin de cumplir con nuestra vocación en el mundo y en la historia. Encuentro también que la vida es un concepto clave de toda la Biblia y que Dios, el Dios de la vida, quiere que todos tengamos vida y vida en abundancia (Jn. 10.10).

La crisis

Entonces, ¿por qué fracasó este joven? ¿Por qué una búsqueda legítima puede tornarse perjudicial y peligrosa? Encontramos la respuesta en el versículo 13, en tres graves errores que cometió este joven por su inexperiencia o su necedad. Primero, *«juntándolo todo»*, de manera impulsiva quemó todos los recursos. No hizo provisión para el futuro, no dejó ni siquiera una pequeña cuenta de ahorros en el banco local para una emergencia. Segundo, *«se fue lejos, a una provincia apartada»*. Se hizo la ilusión de que la mera distancia geográfica entre él y su casa paterna obraría el milagro de la diferenciación, la libertad, la alegría y la vida.

Encuentro en mi consultorio personas de todas las edades que han puesto entre ellos y sus problemas muchos miles de kilómetros, para descubrir, a la larga, que el cordón umbilical es muy elástico y puede estirarse alrededor del mundo.

Tercero, *«allí desperdició sus bienes viviendo perdidamente»*. Escogió un estilo de vida frenético y desordenado, con el cual más bien boicoteó su búsqueda. Así, por ejemplo, he visto cómo movimientos enteros por la vida, por la paz, por la justicia, han tergiversado sus propósitos iniciales y han fracasado, por creer que podían conjugarse altos ideales con estilos de vida destructivos.

Los resultados están dibujados vívidamente en la historia: «*Y cuando todo lo hubo malgastado ... y vino una gran hambre en aquella provincia ... y comenzó a faltarle*» (v. 14). Se le acabó la fiesta. Descubrió que la diversión que se compra es tan efímera como el dinero que la consigue. Descubrió que los verdaderos amigos no son los que se hacen al calor de unas copas. Descubrió que la vida no es sólo privilegios, y que se requiere sabiduría y trabajo. De modo que buscó cómo ganarse la vida en una época de crisis económica y, como no tenía ningún entrenamiento ni habilidades especiales, «*se arrimó a uno de los ciudadanos de aquella tierra, el cual le envió a su hacienda para que apacentase cerdos*» (v. 15). ¡Qué tragedia para un joven con tantas aspiraciones! Representaba el escalón más bajo al que un joven judío podía descender. Además era explotado, no ganaba lo suficiente ni para su comida, por lo que «*deseaba llenar su vientre de las algarrobas que comían los cerdos*» (v. 16). La siguiente frase, «*pero nadie le daba*» (v. 16), refleja su pasividad, su percepción de la vida de que todo se le tenía que dar, que todo le tenía que venir fácil, sin trabajar, sin tomar la iniciativa. A los judíos que oían esta historia de labios de Jesús, se les paraban los pelos de punta.

El versículo 17 nos dice que volvió «*en sí*». ¡Al fin! Había estado «fuera de sí» y ahora recobra sus sentidos. ¿Qué obró el milagro? ¿El hambre implacable de un adolescente? ¿La soledad nauseabunda de la pocilga? ¿La toma de conciencia de que no podía seguir en la vida esperándolo todo? ¿Los recuerdos de la casa del padre? Tal vez todo esto y más; no lo sabemos. Lo que sí sabemos es que los cambios drásticos dentro de un período breve, la ruptura de los sueños, el aterrizar en una realidad distinta de la que había aspirado, etc., representan las posibilidades de una crisis. El relato en este punto se torna crítico. Este joven que buscaba la diversión, ahora está deprimido. Este joven que buscaba la libertad, ha caído en la servidumbre de un patrón que lo explota. Este joven que buscaba afirmar su identidad, está a punto de adquirir una identidad porcina. Este joven que quería encontrarse a sí mismo, «*se ha perdido*» (v. 24b). Este joven que buscaba la vida, ha encontrado la muerte (v. 24a). Pero una crisis no es del todo mala. Una crisis representa peligro, sí, pero también oportunidad. Las personas en crisis pueden salir acrisoladas a funcionar en un nivel más alto de posibilidades, o bien pueden quedarse paralizadas, atemorizadas o traumatizadas. Este joven en crisis opta por el camino de la oportunidad.

La conversión

El relato nos cuenta que en esta situación comienza un proceso de conversión que contiene por lo menos tres pasos significativos. Su primera reflexión es acerca de los «*jornaleros en casa de mi padre*» (v. 17). Ellos «*tienen abundancia de pan*» (v. 17). ¡El trabajo es bueno, es provechoso! ¡Qué gran descubrimiento para este joven! Antes pensaba --me imagino yo-- que el trabajo era para los esclavos, para los burros ... y para su hermano, pero no para él. Ahora toma la decisión de volver a su casa y pedirle a su padre que lo reciba «*como a uno de tus jornaleros*» (v. 19b).

En segundo lugar, está listo a asumir su responsabilidad, está listo a confesar: «*Padre, he pecado contra el cielo y contra ti*» (v. 18b). Me imagino que antes su lógica lo llevaba a culpar a otros de su situación: a su madre que se murió y no le dio todo el afecto, o a Dios que se la llevó muy pronto, o a su padre que no le puso límites más firmes, o a su hermano que acaparó todo el espacio del trabajo en la hacienda, o a la escuela que no le dio una buena preparación académica, o al estado por la falta de suficientes programas para la juventud, o a la crisis mundial o al desempleo. No quiero decir que todos estos elementos mencionados no influyan en la vida de la gente. Reconozco que la manera en que somos criados, la familia de la cual procedemos, el contexto social y económico en el cual vivimos, tienen muchísimo que ver --mucho más de lo que somos conscientes-- en nuestra manera de ser y actuar. Sin embargo, tarde o temprano cada persona necesita enfrentar la realidad, no como un simple objeto de la historia, sino como un sujeto. Nadie es ni puede ser un ente pasivo a quien le suceden las cosas, sino que todos podemos ser activos y, a pesar de las circunstancias adversas, manejar nuestra vida de la mejor manera dentro de las posibilidades de nuestro ambiente. Todo esto significa asumir con mucha responsabilidad nuestros actos.

En tercer lugar, su reflexión y su discurso preparado no se quedaron en buenas intenciones, sino que actuó: «*Y levantándose, vino a su padre»* (v. 20a). Recordemos que estaba lejos, en «*una provincia apartada»* (v. 13b) y no tenía dinero para regresar en un medio de transporte. De modo que sacó fuerzas de su debilidad y comenzó a caminar en dirección al hogar paterno.

El encuentro

El versículo 20 es conmovedor: «*Y cuando aún estaba lejos, lo vio su padre y fue movido a misericordia, y corrió, y se echó sobre su cuello, y le beso»* (v. 20b). Sólo el padre --que acertadamente representa a Dios en la parábola-- pudo reconocer al hijo desde lejos. Sus vecinos no habrían podido asociar al joven que salió hace unos meses (bien vestido, perfumado, con aires de conquistar el mundo y con dinero en el bolsillo) con este individuo que regresa (en harapos, débil, oliendo a cerdos y fracasado). Sólo los lazos familiares hacen posible el reconocimiento. En efecto, la familia, a diferencia de otras instituciones sociales, es el grupo al que se entra y no se puede salir sino con la muerte, y a veces ni aún con ella. Entre padres e hijos, entre esposos y ex esposos, entre parientes, siempre hay un vínculo que no es posible negar, aunque se intente.

El padre que no había ido a buscar al hijo en problemas --su sabiduría le indicaba que sólo debía esperar-- ahora sale en carrera al encuentro de quien ya ha tomado la iniciativa. El padre intuye los cambios que habrían sucedido para este retorno. Por eso no lo deja terminar el discurso preparado y ordena a sus siervos hacer todo lo acostumbrado para restaurarlo a la posición de hijo. Es más, manda matar al becerro gordo, el apartado para las fiestas religiosas o para ocasiones muy especiales, para hacer una fiesta. Las razones sobran: el hijo que había muerto ha revivido, el que se había perdido ha sido hallado, de modo que «*comenzaron a regocijarse»* (v. 24c).

Si la historia fuera solamente la del hijo perdido y restaurado, debería terminar aquí. Pero continúa, porque es una historia familiar. Lo que sucede en un miembro del sistema familiar va a afectar, por cierto, a los otros miembros.

Su hermano también es afectado, y el siguiente versículo se enfoca en él: «*Y su hijo mayor estaba en el campo»* (v. 25a). ¿Qué estaba haciendo en el campo? Obviamente, trabajando. Me imagino que desde que se fue su hermano, él sintió la responsabilidad de redoblar el trabajo a fin de reponer la parte de la hacienda que su hermano se había llevado. El relato nos dice que, al aproximarse a su casa y oír «*la música y las danzas*» (v. 25b), el hijo mayor no pudo creer que esa fuera su casa. «Desde que murió mamá --pensaba él-- mi padre no ha hecho jamás una fiesta. ¿De dónde viene este escándalo? ¿Me habré equivocado de casa?» Entonces llama a uno de sus criados, quien le explica lo sucedido. Inmediatamente reacciona: «*se enojó, y no quería entrar*» (v. 28a). Las razones que expresa luego son claras: su hermano ha despilfarrado su herencia, ha consumido los «*bienes con rameras*» (v. 30b) y su padre lo recibe como si nada hubiera sucedido. ¡No es justo; aquí hay un hijo favorito: «*¡tu hijo!*» (v. 30a).

Entre las razones del hermano mayor no expresadas me atrevo a formular una más, que por no ser consciente pasa inadvertida. Cuando un sistema familiar sufre una pérdida o una añadidura, requiere un reajuste, una reestructuración, una redistribución de funciones. En nuestra historia, cuando la madre falleció, los otros miembros tuvieron que redistribuirse las tareas y funciones para seguir adelante. Al parecer, el hijo mayor asumió una parte de las funciones de la madre: trabajaba con ahínco, cuidaba de papá sin desobedecerlo jamás (v. 29b) y no utilizaba los bienes de la familia («*tus bienes*», v. 30b). Cuando el hijo menor salió de casa, esta familia tuvo que hacer otro reajuste: ¿Quién va a llenar de música la casa? ¿A quién se va a proteger y reclamar a la vez por su falta de cooperación? No hay indicios de cómo se hizo este reajuste, pero sí hay evidencias de que el regreso del hermano menor va a requerir de una nueva reestructuración en este ya fatigado sistema familiar. El «responsable» hermano mayor lo intuye y se resiente: «¿Otro reajuste? ... ¡Es demasiado!».

Me da la impresión de que el padre sabe que el más necesitado, el más frágil en este momento, es su hijo mayor, y sale a rogarle que entre (v. 28b). El diálogo revela la mentalidad del hijo. Tiene una mente de siervo, no de hijo. Un hombre, mayor de edad, que produce con su trabajo los bienes de la hacienda, todavía se queda a la espera de que el padre le dé un cabrito para invitar a sus amigos (v. 29c). No registró en su memoria que el padre también le entregó a él su parte de la herencia, al mismo tiempo que entregó la de su hermano (v. 12b). El trabajo en la finca no es para él una alegría, sino una carga: «*tantos años te sirvo*» (v. 29b). Por haberse «parentalizado», no se dio el tiempo para vivir la adolescencia, no pasó por la etapa --normal, natural y necesaria-- de la rebeldía, sin haber *«desobedecido jamás»* al padre (v. 29c). Si su hermano necesitaba convertirse de sus privilegios a sus obligaciones, este joven «modelo» también necesita conversión: conversión de las obligaciones a los derechos, de los deberes a los privilegios, de las cargas a las alegrías.

Conozco muchos cristianos que se jactan de servir a Dios «sin descanso», que se dedican al trabajo por los más altos ideales, como buenos siervos, pero sin disfrutar de los privilegios de los hijos de Dios, y jamás se toman un cabrito para hacer fiesta con sus amigos. También necesitan convertirse.

Me acuerdo de un inmigrante latinoamericano en Los Angeles, California, que llegó a los Estados Unidos en busca de un mejor porvenir para ayudar a su familia de origen. Como un buen trabajador, pronto se instaló en un empleo permanente y fue al banco para abrir una cuenta corriente. La persona que lo atendió le ofreció escoger varios tipos de chequeras: unas pequeñas y sencillas y otras grandes, con paisajes de varios estados. El, orgullosamente, escogió las grandes y pintorescas. Cada mes enviaba un cheque a su madre que vivía con muy escasos recursos en un pueblito de América Central. Le sorprendió que sus cheques no eran cobrados y decidió ir a visitarla. Al llegar a la casa de su madre, antes que él tuviera la oportunidad de formular su pregunta acerca de los cheques, su madre lo llevó de la mano a su humilde alcoba y le dijo: «Gracias, hijo, por enviarme eso lindos paisajes cada mes. Los tengo todos pegados en la pared como un adorno.» Al visitar, como pastor, los hogares de los miembros de la iglesia, encuentro que muchos tienen gran aprecio por la Biblia y adquieren lindos textos bíblicos para colgarlos de la pared: «He venido para tengan vida y para que la tengan en abundancia»; «Mi paz os dejo, mi paz os doy»; «Venid a mí todos los que estáis trabajados y cargados, y yo os haré descansar». Sin embargo, por diversas circunstancias no se apropian de esas verdades, no cambian los cheques, no disfrutan de los privilegios y los dones de Dios. Necesitan igual conversión que el hermano mayor de esta historia.

¿Cómo termina la historia?

Jesús no nos dijo cómo terminó la historia de esta familia; la dejó en suspenso. ¿Entrará el hijo mayor a la fiesta? ¿Se apropiará de la libertad de ser un hijo, o seguirá con la carga de un esclavo?

La historia da lugar para que ejerzamos la imaginación. Yo me imagino que el hijo mayor entró a la fiesta y la disfrutó. Al siguiente día, el hijo menor se levantó temprano para acompañar a su hermano al trabajo. Un trabajo compartido se termina más rápido y, desde entonces, los dos regresaron a casa más temprano. Descubrieron que los dos tenían tiempo para salir al pueblo y divertirse. Incluso --en mi fantasía-- los dos comenzaron a asistir a la reunión de jóvenes en la sinagoga del vecindario y allí se encontraron con unas simpáticas muchachas con las que empezaron a salir. Se enamoraron y, como es natural, con el tiempo anunciaron su compromiso. El padre los mira satisfecho y le da gracias a Dios porque, en medio de las dificultades de la vida y a través de las diversas etapas del desarrollo familiar, ha cumplido con su deber de padre, ha completado la crianza de sus dos hijos. El también se siente libre y comienza a visitar a aquella vecina viuda que le sonríe cuando se cruzan en el camino.

Guía de estudio 3

Deberes y derechos

La familia del hijo pródigo (Lc. 15.11-31)

Esta es una de las más conocidas parábolas de Jesús. Su enseñanza central muestra el amor incondicional de Dios el Padre, quien recibe y restaura al hijo que ha malgastado su herencia y su vida. Sin embargo, ésta es una historia familiar. Jesús, como maestro ejemplar --que elabora sus magistrales enseñanzas de su observación de la vida cotidiana-- habrá conocido una familia de carne y hueso como ésta. Tal hipótesis puede ser confirmada porque esta familia presenta una estructura definida en un momento crucial de su desarrollo conjunto.

Preguntas para la discusión:

1. ¿Cuántas personas hay en esta familia? (v. 11). ¿Quién falta? ¿Por qué no se menciona a esa persona?

2. El versículo 12 dice: «*Y el más joven le dijo a su padre: "Padre, dame la parte de la herencia que me toca"*» (VP). ¿Por qué toma la iniciativa el hijo menor y no el mayor? ¿Cuál es la reacción del padre?

3. El versículo 13 describe al hijo menor dejando el hogar paterno *no muchos días después* de haber recibido la herencia. ¿De qué edad nos lo imaginamos? ¿Qué busca?

4. Observe tres grandes errores que cometió el joven debido a su inexperiencia, inmadurez o necedad (v. 13).

5. ¿Qué descubrió este joven en cuanto a la vida ... la amistad ... el placer ... etc.? La situación de crisis en la que cae es también una oportunidad para el cambio. Nótense los tres aspectos sobresalientes de su conversión (vv. 17-20).

6. En los versículos 20 a 24 se describe el conmovedor encuentro de padre e hijo y el gozo de la restauración (tan rico en implicaciones teológicas). Sin embargo, la historia no termina allí. Es una historia de familia, en la cual el cambio de uno de sus miembros va a provocar cambios en los demás. Observe la reacción del hermano mayor: «*se enojó, y no quería entrar*» (v. 28). ¿Qué es lo que más le duele?

7. El hijo mayor menciona tres cosas al describirse él mismo en relación con el padre y con la propiedad (v. 29). ¿Cuáles son?

8. ¿Qué implica la respuesta del padre «*...todas mis cosas son tuyas...*» (v. 31)? El hijo mayor también necesita convertirse: de sus obligaciones, responsabilidades y tareas (posición de esclavo) a la posesión de sus derechos, privilegios y goces (posición de hijo).

Conclusión

Jesús no nos dijo cómo terminó la historia; la dejó en suspenso. ¿Entrará el hijo mayor a la fiesta? ¿Se apropiará de la libertad de ser un hijo o seguirá con la carga de un esclavo? La historia da lugar para que ejerzamos la reflexión y la imaginación. ¿Cuál sería un final saludable --o feliz-- para esta familia que experimenta profundas transformaciones en la etapa crucial en la que los hijos se vuelven adultos?

Capítulo 4

Una familia realizada

La familia de la «mujer virtuosa» (Pr. 31.11-31)

Este es uno de los pasajes bíblicos más controversiales en lo que a la familia se refiere, especialmente en grupos más conscientes de los derechos de la mujer. En América Latina, por ejemplo, las mujeres que no descansan desde el amanecer hasta el anochecer sienten que, al compararse con esta mujer en Proverbios, siempre se quedan cortas. Las mujeres de los sectores pobres, en particular, a pesar de lo mucho que hacen, tienen dificultad en identificarse con esta mujer legendaria de la Biblia que tiene dinero para comprar propiedades, que dispone de servidumbre en casa, que viaja y que no precisa luchar por sobrevivir. En Estados Unidos y Europa la imagen de esta «supermujer» es resistida por otras razones. Allí, aunque la mujer ha ganado un mejor reconocimiento público, todavía sus salarios, su estabilidad laboral y otras condiciones reflejan una insistente diferencia con el hombre. Hay quienes dicen que tomar a la «mujer virtuosa» como un modelo para la mujer contemporánea equivaldría a hacer más grande la carga de obligaciones sobre la mujer, sin cuestionar el sistema social y político que auspicia esa desigualdad. En ciertas regiones de Asia y de Africa muchas mujeres dejan pequeñas a la mujer de Proverbios 31: son verdaderas titanes en la administración de su familia nuclear y extendida y de su negocio, en el manejo de hijos y nietos, y ... en la iglesia. Sin embargo, al igual que la «mujer virtuosa», su papel no se proyecta más allá de la esfera doméstica, de la pequeña empresa, de las obras de beneficencia y de los cargos secundarios en la estructura de la iglesia. Su marido tiene el reconocimiento social, ejerce funciones públicas y, al igual que el esposo de la «mujer virtuosa» en Proverbios

31, *«es conocido en las puertas, cuando se sienta con los ancianos de la tierra»* (v. 23). Los hombres que han crecido en su solidaridad con las mujeres también suelen reaccionar negativamente ante este pasaje; ven en él a un hombre que se aprovecha de las capacidades y diligencias de su esposa para no carecer de ganancias (v. 11).

Lo atractivo de la historia

Comparto muy de cerca todas estas inquietudes. Soy, además, consciente de la imposibilidad de tomar un pasaje poético de la sociedad patriarcal del Antiguo Testamento y transformarlo en norma para la mujer de hoy en día. Sin embargo, lo que me atrae de esta porción de la Escritura es el cuadro que pinta de esta mujer inusual, un cuadro --podríamos incluso decir-- revolucionario para su tiempo. Lo que hace la protagonista de esta historia --como veremos posteriormente-- es una protesta al rol tradicional que desempeñaba la mujer en su época y un intento de proporcionar un modelo alternativo más igualitario. Por otro lado, el autor bíblico ubica a esta genial mujer dentro de una familia que se muestra funcionando no sólo normalmente, sino al máximo de su potencial; en donde sus miembros se expresan, se cuidan y se reconocen unos a otros con palabras de elogio (vv. 28, 29, 31b); y en donde la mujer, como esposa y madre, es la figura principal y recibe el reconocimiento en todo el pasaje.

Esa combinación de mujer que funciona fuera y dentro del hogar con soltura y acierto parece no ser cosa común en ninguna cultura ni en ninguna época. Hoy, por ejemplo, cuando el individualismo se ha levantado como el único punto de referencia del bienestar humano se priva a hombres y a mujeres de colaborar en la búsqueda de modelos de convivencia complementarios. Al descontar que hombres y mujeres vivimos en ineludible interacción hemos producido modelos de reivindicación competitivos, antagónicos, alienantes y, otra vez, opresivos.

¿Qué hace esta mujer?

En los diversos grupos en donde he discutido este pasaje comienzo formulando esta pregunta: «¿Qué cosas hace esta mujer?». Pido, entonces, que en una hoja de papel o en la pizarra, dibujen dos columnas. Les sugiero que en la columna de la izquierda coloquen las actividades que esta persona desarrolla en su papel de *mujer* de su época y en la columna de la derecha anoten lo que podría considerarse como actividades de un *hombre*. Las dos listas resultan más o menos así:

Papeles «femeninos»	***Papeles «masculinos»***
complace a su marido (vv. 11-12)	viaja lejos (v. 14)
confecciona ropa (vv. 13, 19, 21b)	invierte en propiedades (v. 16a)
alimenta a su casa (v. 15)	cultiva la tierra (v. 16b)
hace obras de beneficencia (v. 20)	demuestra fuerza (v. 17)
teje tapices, telas y cintas (vv. 22-24)	administra negocios (v. 18)
viste a su familia (v. 21b)	protege a su familia (v. 21)
administra bien su casa (v. 27)	planifica el futuro (v. 25)
teme a Jehová (v. 30b)	enseña con sabiduría (v. 26)

El ejercicio resulta revelador. Esta mujer de Proverbios está descrita de tal manera que sus actividades rompen los esquemas tradicionales establecidos para una mujer de su época ... y aun de la nuestra. Desarrolla tantas actividades desde su papel tradicional femenino como desde su rol aparentemente «masculino». Algunas de sus acciones son inconcebibles para su época, como la de viajar lejos *«como nave de mercader»* (v. 14) --al igual que una ejecutiva de nuestros tiempos-- o la de impartir *«con sabiduría»* la *«ley de clemencia»* (v. 26), expresión en hebreo asociada directamente con las funciones religiosas y con la instrucción respecto al pacto de Dios con su pueblo.

...¿Y qué de su familia?

Esta es la siguiente pregunta que planteo. Con todo lo que esta mujer hace ¿habrá anulado a su esposo o lo habrá desplazado a un lugar periférico en la familia y en la sociedad? «¡No!», me responde la gente. Me señalan que su esposo parece estar contento y *«confiado»* (v. 11), que ocupa un puesto importante en la comunidad ya que *«es conocido en las puertas, cuando se sienta con los ancianos de la tierra»* (v. 23), y que *«la alaba»* (v. 28b). En efecto, en las puertas de la ciudad se sentaban los jueces, hombres por cuya sabiduría, aplomo y vida familiar la comunidad los consideraba aptos para cumplir con ese trabajo de suma importancia y delicadeza. La competencia de un juez no se ganaba por graduarse en la escuela de leyes, sino porque con su vida entera daba testimonio de ser idóneo y porque su familia se desarrollaba con normalidad. Así la gente confiaba en su liderazgo.

Entonces, tal vez sus hijos hayan sufrido las consecuencias. Metida en tantas actividades, esta mujer habrá descuidado a sus hijos quienes, a lo mejor, se han vuelto drogadictos o pandilleros. «¡No!», me dicen mis interlocutores y me muestran que su familia, incluyendo la servidumbre, está bien alimentada (v. 15) y bien protegida del frío «*con ropas dobles*» (v. 21). Los hijos de nuestra protagonista se levantan «*y la llaman bienaventurada*» (v. 28a). Esto nos da una idea de la edad de los hijos, posiblemente en la adolescencia o en la adultez temprana, cuando tienen capacidad de articular una bendición a su madre. Sobre todo, refleja que sus hijos están orgullosos de tener una madre como ésta, que no se estancó en su papel de esposa y madre --papeles, por supuesto, de mucha importancia-- sino que desarrolló también sus propios intereses; que no redujo su mundo a sólo cuidar del marido y de los hijos, sino que lo amplió más allá de los linderos domésticos; que la razón de su vida no se agotó en la familia, sino que se enriqueció con la comunidad, con el pueblo, con el mundo. Los hijos la bendicen (v. 28) no sólo por lo que ella es y hace, sino por lo que a ellos también les permite ser y hacer. Una madre que no depende de los hijos para su felicidad los cría con seguridad para que ejerciten sus alas y vuelen. Una madre que ha diversificado sus fuentes de gratificación permite que sus hijos no queden atrapados en las lealtades invisibles a su familia de origen, sino que formen sus propios núcleos familiares sin culpa.

La literatura sobre terapia familiar hoy en día ha documentado convincentemente el hecho de que hay padres que encuentran satisfacción en lo que son y en lo que hacen y, sobre todo, gratificación en su relación de pareja, lo cual contribuye en alto grado a la salud, bienestar, seguridad y autonomía de sus hijos. De modo que bienaventurados son también estos hijos que tienen una madre y un padre como los de Proverbios 31, con proyectos propios, con afirmación en sus roles sociales, con vínculos significativos fuera de las cuatro paredes del hogar. No tienen que sacrificar su propio desarrollo por enfermarse, meterse en drogas, fracasar en los estudios, etc., para que su mamá siga teniendo un «bebé» en casa y no enfrente el «desempleo» cuando ellos salgan del hogar. Ya que papá y mamá se llevan bien, se cuidan, se apoyan, se reconocen, los hijos intuyen que no son «indispensables» para la felicidad de sus mayores, que no llevan esa pesada deuda sobre sus hombros y, por lo tanto, pueden transitar con libertad a la nueva etapa de su propia vida.

Pero ... ¿cómo lo lograron?

Mi pregunta en plural conlleva la convicción de que no podemos subestimar el papel del esposo. Para que esta mujer lograra desarrollarse al máximo de su potencial necesitaba, por cierto, de un compañero solidario, seguro de sí mismo, que no se viera amenazado por el despliegue de tanta capacidad de su compañera. En mis fantasías sobre esta familia, me imagino las siguientes escenas. Cuando la esposa viaja (v. 14), él se queda en casa y atiende a los hijos. Cuando ella tiene que atender sus «*negocios*» (v. 18) y tratar con los «*mercaderes*» (v. 24), él cambia los pañales a los bebés y juega con ellos. Cuando ella tiene que invertir largas horas con los contadores en hacer cuentas de los bienes raíces que maneja (v. 16a), o de las tierras que cultiva (v. 16b), o de cintas (v. 24) que produce, él cena con los hijos, los baña y les lee sus historias favoritas. El descubre con agrado que no se pone celoso, que no pierde su virilidad y que no se le caen las manos. Cuando ella abre su boca para enseñar la Palabra con «*sabiduría*», él abre el corazón, aprende y la aplaude. El puede mostrar su debilidad para que ella pueda mostrar su «*fuerza*» (vv. 17, 25). Sinceramente lamento que al autor de Proverbios se le acabó el rollo de pergamino y no pudo escribir Proverbios 32 sobre este «hombre virtuoso».

Pero la pregunta es: ¿cómo lograron estos dos desarrollar una relación exitosa y en contra de la cultura patriarcal que no sólo permitía que el hombre redujera a la mujer a una posición de completa subordinación, sino que incluso le otorgaba ese derecho de superioridad? Intento responderme imaginando --otra vez-- a esta pareja desarrollar una relación fundamentada en el respeto, la solidaridad, el diálogo, la transparencia y, sobre todo, el acuerdo sobre la distribución de roles y funciones tanto en el hogar como fuera de él. Esto es posible cuando hay no sólo el deseo de hacerlo, sino también la madurez, la disposición y especialmente la valentía para recorrer ese camino poco usual y poco transitado. Esta opción no habrá dejado de provocar críticas entre aquellos que sentían que su mundo era cuestionado en la base de sus «sagradas» tradiciones. ¡Cuántas veces el esposo habrá tenido que enfrentar los comentarios de sus colegas! ¡Cuántas vecinas se habrán acercado a la mujer para «aconsejarle» que no opaque a su marido! ¡Cuántas veces en la Junta Directiva de la sinagoga se habrá levantado la pregunta si era conveniente dejar que se siga el «mal ejemplo»! Al parecer, los dos supieron cómo manejar la situación en medio de los vientos contrarios y afirmar su derecho a definir sus roles, y pudieron dejar a las siguientes generaciones un hermoso ejemplo.

Conclusión

Hoy en día, cuando los proyectos de cambios globales, estructurales, parecen distantes e inalcanzables --al menos por ahora-- urge trabajar con proyectos y modelos manejables, cercanos y concretos. En América Latina los científicos sociales están redescubriendo a la familia --la más pequeña comunidad de hombres, mujeres y niños-- como el núcleo social que ha desarrollado de manera asombrosa estrategias de sobrevivencia en una región en crisis económica y social. Frente a la epidemia mundial de sida y ante la carencia de recursos gubernamentales para atender las demandas de salud pública, la familia en Africa, como red de apoyo natural y eficaz, vuelve a ser el principal espacio comunitario de primeros auxilios y de cuidado de la salud. La familia, como el núcleo más íntimo, como la intermediaria entre el individuo y la sociedad, tiene el potencial de transformar la vida de sus integrantes, mediante el ejercicio de los valores del Reino de Dios --igualdad, solidaridad, respeto, amor, justicia, para nombrar unos pocos-- y convertirse en la levadura que leude toda la masa.

Guía de estudio 4

Una familia realizada

La familia de la «mujer virtuosa» (Pr. 31.10-31)

Este es uno de los pasajes bíblicos más controversiales en cuanto a la familia se refiere. No es posible tomar un pasaje poético de la sociedad patriarcal del Antiguo Testamento y transformarlo en norma para la mujer de hoy en día. Sin embargo, el pasaje representa un grito de protesta en contra de los roles asignados tradicionalmente a la mujer, tanto en la época bíblica como en la nuestra. También el pasaje intenta proporcionar un modelo de relación familiar más igualitario. Además, ubica a esta genial mujer dentro de una familia que se muestra funcionando al máximo de su potencial.

Preguntas para la discusión

1. ¿Qué cosas *hace* esta mujer? Elabore dos listas. A la izquierda coloque todo lo que ella hace en su rol (o papel) tradicional de mujer. A la derecha coloque todo lo que ella hace que tradicionalmente ha sido asignado al hombre.

Tareas «femeninas»	Tareas «masculinas»

2. Con todo lo que hace esta mujer, su hogar debe estar alborotado, su esposo marginado y sus hijos descuidados. ¿Qué se dice en cuanto a su familia en este pasaje? ¿Por qué?

3. El versículo 23 describe al marido ejerciendo un papel muy importante en la comunidad: «*es conocido*» como uno de los jueces de la ciudad, quienes atendían al pueblo «*en las puertas*». ¿Podría decirse también que «junto a toda gran mujer hay un gran hombre?»

4. «*Sus hijos la llaman bienaventurada*» (v. 28). ¿De qué edad nos podemos imaginar a los hijos? Parece que están tranquilos y orgullosos de tener una madre capaz y activa. ¿Por qué?

5. Parece que en casa todos están contentos y realizados. ¿Cómo lo lograron? ¿Cómo es posible que una familia con hijos (posiblemente adolescentes) logre desarrollar tal ambiente?

6. ¿Cuál es el secreto para desarrollar un clima de armonía, comprensión y reconocimiento en el hogar? Imaginemos al marido en algunas acciones que muestren su solidaridad, confianza y apoyo a su esposa. Por ejemplo, cuando ella se va de viaje, o cuando tiene que trabajar horas extras para poner las cuentas al día, o cuando tiene que entenderse con los mercaderes, o cuando asiste a la junta de accionistas de sus negocios.

Conclusión

Una valiente mujer, descrita poéticamente, en plena época patriarcal se atreve a llevar a cabo tareas y actividades propias de los hombres. Logra un equilibrio saludable y eficiente entre sus responsabilidades hogareñas, su carrera, sus compromisos comunitarios y su vocación espiritual. En todo cuenta con el apoyo, la confianza y el elogio de su esposo y de sus hijos y con la bendición de Dios.

Capítulo 5

Tres atractivos solteros

La familia de Marta, María y Lázaro (Lc. 10.38-42 y Jn. 11.1-12.11)

En mi trabajo con familias de diversas partes del mundo, me he encontrado con muchos tipos de familias. Hay familias nucleares que, en nuestra época y en la parte noroccidental del mundo, las tomamos como la norma. Hay familias extendidas, que todavía desempeñan un papel muy importante, especialmente en sociedades en proceso de desarrollo. Hay familias creadas por lazos de sangre y hay familias formadas por opción, elección o adopción. Hay también familias unigeneracionales y hay familias multigeneracionales; hay familias completas y familias incompletas; hay familias intactas y hay familias reconstruidas. En las Escrituras hebreas y cristianas encuentro, además de los tipos de familias ya mencionados, una variedad todavía más extensa de tipos de familias: hay familias monogámicas y poligámicas; familias patriarcales y matrifocales; cohabitación sin matrimonio y matrimonios «espirituales» (para nombrar unos pocos). Dios no nos ha revelado un modelo único y universal de lo que significa ser familia, ni siquiera para la familia cristiana. Lo que constituye una familia cristiana no es su estructura externa o la distribución estricta de roles para cada sexo, sino su relación con Jesucristo como Señor y Salvador y la manera en que los valores del Reino de Dios (justicia, solidaridad, misericordia, amor, perdón, paz, cuidado de la creación y del prójimo, para nombrar unos cuantos) se vivan en las relaciones diarias de sus miembros y de ellos con sus semejantes.

Los amigos de Jesús

A la familia de Marta, María y Lázaro, en Betania, un pueblo a tres kilómetros de Jerusalem, los estudiosos de hoy la llamarían una «familia unigeneracional». Está compuesta por tres solteros a los que Jesús encuentra tan atractivos como para llegar a casa de ellos con confianza, cada vez que necesita un descanso en su ajetreado ministerio.

Este hogar en Betania, al parecer, ocupó un lugar importante en el ministerio de Jesús y sus discípulos ya que se lo menciona en los cuatro evangelios (Lc. 10.38-42; Mt. 26.6-13; Mr. 14.3-9; Jn. 11.1-12.11). En el caso del cuarto evangelio, que es muy selectivo en sus historias, se dedica un capítulo y medio para relatar acontecimientos singulares ocurridos en esta familia y sus repercusiones entre los judíos. En efecto, esta familia ocupa más espacio en el Nuevo Testamento que cualquier otra, después de la de Jesús. Me gusta cómo uno de los evangelistas (ver Jn. 11.5), en medio de una sociedad patriarcal, en la que las mujeres y los niños no se contaban siquiera, tiene el atrevimiento de nombrar primero a las dos mujeres, y no al varón que supuestamente debía representarlas.

Este hogar de tres atractivos solteros, por lo visto, contaba con una casa grande, puesta al servicio de Jesús y del Reino de Dios. Allí podían llegar él y sus discípulos para descansar, comer, dormir, conversar. El evangelista Juan dice que *«amaba Jesús a Marta, a su hermana y a Lázaro»* (Jn. 11.5) y que la gente lo sabía (Jn. 11.36). Este trío de solteros eran sus amigos. Jesús tenía muchos admiradores, y también muchos adversarios; muchos lo seguían por el interés de recibir algún beneficio. Pero sus amigos eran pocos, y Marta, María y Lázaro se contaban entre ellos.

Características de sus miembros

Estudiemos una primera historia, la que aparece en Lucas 10.38-42, que describe a la familia en acción, para observar cómo estaba organizada. Mucho se ha predicado y enseñado sobre la piedad de María en contraposición con el afán de Marta por «las cosas materiales». Quiero enfocar mi atención más bien en la relación familiar y, luego, al estudiar el relato de Juan 11 y 12, reflexionar en la tragedia que ellos enfrentan como familia y en la manera en que la presencia transformadora de Jesús afecta a cada miembro y a la familia en su totalidad.

La primera persona a quien se nombra en esta historia es Marta: «*Marta le recibió [a Jesús] en* su *casa*» (v. 38). El evangelista la cita como jefe de familia en contraposición a la costumbre de la época. Seguramente es la hermana mayor y, como tal, la responsable por la familia. Marta es la hacendosa, práctica, solícita, activa. Ella se asegura que haya suficiente comida para Jesús y sus discípulos, que haya suficiente agua para que todos se laven, suficientes sábanas limpias y cobijas para sus huéspedes. Si no hubiera sido por Marta, este hogar carecería del atractivo que tenía como un lugar acogedor, agradable para estar, descansar, comer, dormir.

María, en contraste, es contemplativa, piadosa, reflexiva, intelectual. Su único afán parece ser sentarse a los pies de Jesús y escuchar su palabra. Y esto es apreciado y reconocido por Jesús, en un tiempo en que los rabinos se cuidaban de hablar con mujeres por no dañar su reputación. María contribuía así a hacer de este hogar un espacio atractivo para el diálogo. El diálogo con una mujer siempre tiene un matiz, un acercamiento, una aproximación, de los que generalmente carece el diálogo entre los varones.

Los modos de ser y actuar de Marta y María pueden ser totalmente complementarios en una familia. Me imagino que mientras Marta hacía la lista de las compras y ponía las ollas sobre la cocina, María llenaba los floreros, leía las Escrituras y oraba. Si esa distribución de roles es consciente y acordada en una familia, generalmente funciona muy bien y el equilibrio familiar se mantiene de manera saludable. El peligro de un malentendido existe cuando esa distribución de roles no es acordada con claridad y las personas se polarizan en sus funciones, es decir, se van a los extremos con el objetivo --no consciente-- de mantener el equilibrio familiar. Ya que los hijos primogénitos tienden a ser los más propensos a especializarse como los «responsables», «trabajadores» y «ejemplo de los hermanos», Marta, al parecer, asumió la mayor parte de los quehaceres de la casa a medida que los hacía mejor que sus hermanos o a medida que sus hermanos no los hacían. Sus hermanos --específicamente María, ya que el varón se suponía exento de las tareas domésticas--, al percibir que Marta ocupaba todo el espacio de los quehaceres del hogar, desarrollaron otras actividades con el mismo y común fin, no siempre consciente, de mantener el equilibrio en la familia. A medida que Marta se afanaba por que todo estuviera en orden, que hubiera suficiente comida, que la ropa estuviese lista para sus hermanos, María percibía una sensación de vacío en la familia: sentía que hacía falta desarrollar el aspecto espiritual y estético. Ella, por lo visto, decidió asumir esa responsabilidad. Como vimos en el capítulo 3 de este libro, las polarizaciones tienden a escalar, es decir, a producir conductas exageradas. Me imagino que, cuando María miraba a su hermana afanada limpiando la casa y cuidando de los detalles, decía para sus adentros: «Alguien en esta familia tiene que preocuparse por las cosas del espíritu: leer las Escrituras, orar, reflexionar y meditar», y ella lo hacía por las dos. Marta la veía orando y pensaba: «Primero la obligación y después la devoción. Alguien tiene que poner el pan sobre la mesa, limpiar las alcobas y cuidar que no se derrumbe esta casa», y entonces redoblaba el esfuerzo, trabajaba por ella y por su hermana. María la veía afanada y razonaba: «Dios no puede bendecirnos si sólo nos preocupamos por las cosas materiales; necesitamos dedicarle tiempo a él, necesitamos cultivar nuestra mente y nuestro espíritu y no sólo nuestro cuerpo», y dedicaba más tiempo a la lectura, a la contemplación y a la oración. Esta es una de las maneras de mantener el equilibrio (los terapeutas familiares lo llamamos *homeóstasis*) en una familia, aunque es muy extenuante.

La tensión, en estos casos, se acumula, como se revela en nuestra historia. Marta lanza un grito de protesta ante el maestro: «*Señor, ¿no te da cuidado que mi hermana me deje servir sola? Dile, pues, que me ayude*» (v. 40b). Al parecer, los reclamos de ella ya no surten efecto y las dos necesitan el apoyo de una voz externa a la familia, a quien ambas consideren de autoridad. Es interesante notar que Jesús no entra en el juego. Percibe que esta polarización no va a solucionarse con una intervención superficial como una opinión o una orden. Al contrario, afirma y valora la elección de María como su derecho, como «*la buena parte, la cual no le será quitada*» (v. 42b). Más tarde, ante una crisis --la muerte prematura de su hermano Lázaro-- veremos cómo se rompe esta polarización.

¿Qué hace Lázaro? No se nos da muchos datos de él. Era, sin duda, el menor de la familia y tenía a sus hermanas que lo cuidaban. Sin embargo, se transforma en el personaje central en Juan 11 y 12 al ser resucitado por Jesús y convertirse en un testimonio viviente de su poder para que muchos creyeran en Jesús (Jn. 11.45; 12.9-11), a tal punto que «*los principales sacerdotes acordaron dar muerte también a Lázaro, porque a causa de él muchos de los judíos se apartaban y creían en Jesús*» (Jn. 12.10-11). Su nombre, Lázaro, que significa «Dios es mi ayuda», se hace evidente en toda la historia. Lázaro es un hombre dispuesto a ser ayudado por Dios y a glorificarlo en la vida o en la muerte.

Mis preguntas

Al observar a los integrantes de esta familia, tres preguntas saltan de inmediato a mi mente. Primera, ¿por qué estos tres simpáticos personajes se quedaron solteros en medio de una cultura que esperaba que toda persona en edad de reproducción estuviera casada y procreando? En esa sociedad patriarcal, las mujeres en especial estaban bajo la presión social de casarse y tener hijos. Las mujeres se casaban muy pronto (entre los 12 y 15 años) y no alcanzaban su posición de dignidad hasta dar a luz un hijo varón. Las mujeres en esta historia no eran pobres; más bien tenían sus comodidades: una casa grande capaz de alojar a Jesús y sus discípulos; generaban un ingreso regular que les permitía apoyar el ministerio de Jesús, incluyendo el hospedar y alimentar ocasionalmente a más de doce personas, que no era poco gasto; tenían perfumes de alto precio, como el que María derramó en los pies de Jesús, cotizado en «*trescientos denarios*» (Jn. 12.5), el equivalente a un año de trabajo de un jornalero. Además, los tres estaban socialmente bien relacionados. A la muerte de Lázaro «*muchos de los judíos*» (Jn. 11.19) --término reservado por Juan para denotar los líderes religiosos y políticos de aquel entonces-- vinieron a consolar a las hermanas. Personas como ellos, atractivos, con buenos recursos económicos, bien relacionados, ¿por qué no se habían casado? Tal vez optaron por la soltería para servir mejor a Jesús y al Reino de Dios sin las ataduras que impone la vida familiar. En ningún momento se los pinta frustrados o amargados por estar solteros. Al parecer, habían entendido adecuadamente que el celibato es una vocación tan válida como el matrimonio, y que a ninguno de los dos estados se debe entrar por tradición, por curiosidad o por inercia. Estos tres atractivos solteros, se habían realizado en su capacidad de apoyar el ministerio de Jesús y vivían una vida social, espiritual e intelectual atractiva.

La segunda pregunta que me planteo es: ¿dónde están los padres, qué ha pasado con ellos, por qué no se los menciona en ninguno de los muchos pasajes? Me imagino que Marta, María y Lázaro no nacieron de una incubadora.

Mi tercera pregunta es existencial y no pretendo obtener una respuesta ni siquiera aproximada: ¿por qué a una familia como ésta, de creyentes dedicados al servicio de Dios y del prójimo, con un potencial para el testimonio entre los dirigentes de la comunidad, y a quienes Jesús ama, les sucede la tragedia descrita en Juan 11: la muerte del más joven de sus miembros? El misterio de la vida y de la muerte va más allá de toda explicación. Sin embargo, como terapeuta familiar tengo la obligación de preguntarme: ¿por qué hay personas y familias más propensas que otras a tragedias, a enfermedades y a la muerte? En mi práctica clínica suelo trabajar los *genogramas* (una especie de historia familiar gráfica que va dos o tres generaciones atrás buscando los elementos repetitivos y las ataduras familiares heredadas de generación en generación) de las familias que me consultan con algún «¿por qué?» que no alcanzan a manejar.

A lo mejor, las tres preguntas apuntan hacia una explicación común. En los evangelios de Mateo y Marcos, en pasajes paralelos a Juan 12.1-8, se menciona a un personaje más en la casa de Betania: «*Simón el leproso*» (Mt. 26.6-13 y Mr. 14.3-9). ¿Quién es este Simón el leproso? ¿Por qué a un leproso se le permite vivir en una casa en contraposición a las reglas de la época? ¿No están los leprosos proscritos a vivir en cuevas, en las afueras de las ciudades llevando una campana que anuncie el «peligro» al resto de la población? ¿Está Simón en la casa de Marta, María y Lázaro como dice Juan? ¿O está en su propia casa, como dicen los sinópticos? ¿O no hay contradicción entre las versiones de los evangelistas ya que ésta es la casa de todos ellos porque son parientes? Lo último parece lo más probable. Simón, al parecer, es pariente (tal vez un tío) de Marta, María y Lázaro. Algunos comentarios bíblicos lo identifican como alguno de los muchos leprosos que Jesús sanó, quien al ser curado se convirtió en discípulo de Jesús, junto con la familia que le quedaba, y puso su casa a disposición del Maestro. Aunque curado de su enfermedad, se quedó, sin embargo, con el apodo de «leproso».

Una pesada sombra de muerte

Ahora, entonces, se ilumina el cuadro de esta familia, y mis tres preguntas tienen una posible respuesta. Me permito elaborar una hipótesis o explicación tentativa que debe ser comprobada. La hipótesis incluye mucha enfermedad y muerte en esta familia: Simón, el único pariente que sobrevive, fue leproso; a los padres de Marta, María y Lázaro no se los menciona porque ya no existen: han muerto (probablemente también ellos fueron «leprosos», en aquella época en la que cualquier enfermedad incurable caía con facilidad dentro de esta categoría); Lázaro, el más joven, se enferma y muere.

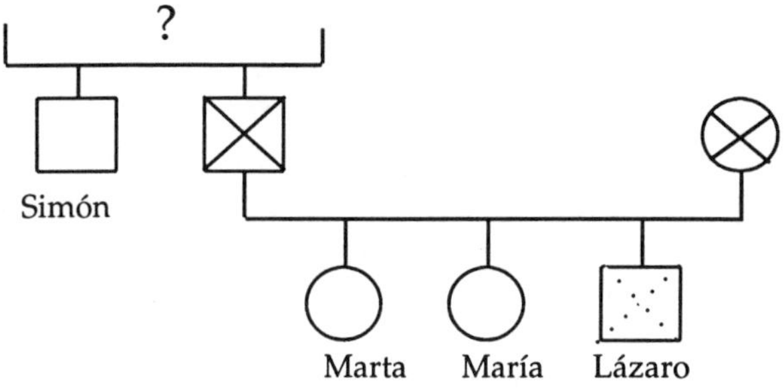

En mi hipótesis debo incluir, entonces, que la soltería de estos tres hermanos, además de las razones mencionadas anteriormente, puede ser un acto de responsabilidad para evitar procrear hijos propensos a la enfermedad. En mi trabajo pastoral y terapéutico con familias me quedo sorprendido de cómo esas sombras pesadas de enfermedad y muerte pasan de una generación a otra de manera imperceptible, inconsciente, pero no menos poderosa y efectiva.

En este pesado escenario de muerte instalada en una familia cercana a Jesús, la resurrección y la vida se hacen presentes. Ante un nuevo ataque de la muerte temprana, el poder de la vida tiene que relucir con toda su nitidez y persistencia. Por eso, a mi entender, Jesús no acude enseguida al llamado de las hermanas, sino que afirma que esta enfermedad es «*para la gloria de Dios*» (Jn. 11.4). El pasaje de Juan 11.5-16 intercala también el tema del peligro de muerte que Jesús corre al ir a Judea otra vez. Sus discípulos intuyen el ambiente pesado, y cuando se encaminan finalmente a Betania Tomás articula: «*Vamos también nosotros, para que muramos con él*» (v. 16).

El triunfo de la vida sobre la muerte

Jesús finalmente llega a la tumba de Lázaro y frente al dolor de María y de los amigos que lo acompañan se estremece en espíritu y se conmueve (v. 33), es decir, es sacudido en las profundidades de su ser. En ningún otro pasaje de las Escrituras encontramos a Jesús tan conmovido, excepto cuando enfrenta su propia muerte. Los evangelios registran sólo dos veces a Jesús llorando, y ésta es una de ellas (v. 35). Jesús está «*profundamente conmovido, otra vez*» (v. 38) frente a este cuadro de muerte y desolación. Pero, la muerte no ha dicho la última palabra en esta familia. La vida ya ha irrumpido con todo su poder, por medio de Cristo, en la historia humana. Las epístolas son explícitas en afirmar: «*Sorbida es la muerte en victoria*» (1 Co. 15.54) como un cumplimiento de la profecía de Isaías (Is. 25.8) sobre los tiempos futuros. Hebreos afirma que la muerte y la resurrección de Cristo son eficaces «*para destruir por medio de la muerte al que tenía el imperio de la muerte, esto es, al diablo, y librar a todos los que por el temor de la muerte estaban durante toda la vida sujetos a servidumbre*» (He. 2.14-15). El tema de la victoria de la vida sobre la muerte es central en el Nuevo Testamento y se extiende hasta el Apocalipsis: «*Y la muerte y el Hades fueron lanzados al lago de fuego*» (Ap. 20.14).

La expresión de Jesús «*desatadle y dejadle ir*» (Jn. 11.44c) tiene más sentido en este contexto. Lázaro no estaba atado solamente por la mortaja y las vendas, sino sobre todo por los aparentemente inexorables lazos de la muerte, de una herencia fatídica, que ataban su cuerpo, su mente y su espíritu. Estaba atado por las prescripciones familiares que bebió con la leche materna y que le decían que la muerte instalada en su familia era más poderosa que la vida. ¡Con cuánta sutileza esos lazos atan, oprimen, carcomen y subyugan familias enteras!

En esta intensa interacción entre la vida y la muerte, no sólo Lázaro va a resultar beneficiado. Algo sucede también con toda la familia. Ante la crisis de su hermano enfermo, no es Marta, la activa, quien toma la iniciativa esta vez. Son las dos hermanas en conjunto quienes actúan. «*Enviaron, pues, las hermanas para decir a Jesús: Señor, he aquí el que amas está enfermo*» (Jn. 11.3). El diálogo teológico más denso e intenso de todo el capítulo no se da entre Jesús y María, la piadosa, sino entre Jesús y Marta (Jn. 11.20-27). Su conversación gira alrededor de la muerte, la resurrección, las últimas cosas, la eternidad, y termina con una confesión de Marta similar a la de Pedro en Mateo 16.15-17: «*¡Sí, Señor; yo he creído que tú eres el Cristo, el hijo de Dios, que has venido al mundo*» (Jn. 11.27). Es decir que la «contemplativa» ha tenido también el potencial de actuar, y la «activa» ha tenido también el potencial de reflexionar teológicamente. La polaridad de las dos hermanas, que las mantenía en una rígida especialización de funciones, se ha roto. Ahora las dos pueden actuar y las dos pueden reflexionar. Ahora están libres para ejercer con soltura sus dones, sin quedarse atadas a los estereotipos que las condicionaban.

En casa de sus amigos

La última foto de esta familia, retratada en los tres primeros versículos del capítulo 12 de San Juan, es diferente, aunque mantiene los rasgos particulares de cada personaje. Seis días antes de la pascua viene Jesús otra vez a Betania. Son momentos de mucha tensión para él. Los dirigentes religiosos y políticos han acordado matarle (Jn. 11.47-53), de modo que «*Jesús ya no andaba abiertamente entre los judíos, sino que se alejó de allí*» (Jn. 11.54). Hay órdenes de parte de los principales sacerdotes y de los fariseos de denunciar a Jesús para prenderlo (Jn. 11.57). Pero el hogar de sus amigos Marta, María y Lázaro es un lugar seguro, confiable. Allí puede llegar otra vez para descansar, recibir cariño y recobrar fuerzas. ¡Qué lindo ministerio el de esta familia: ser simplemente amigos de Jesús!

Juan 12.2 dice que «le hicie*ron* allí una cena». Algo más ha sucedido en esta familia. Otra señal de que se han roto las polarizaciones. La cena no ha sido preparada sólo por Marta; es fruto de un trabajo comunitario. Y cuando todo está preparado, cada uno tiene la oportunidad de ejercer su don de manera renovada. Marta sirve --ahora sin quejarse--; Lázaro, el resucitado de entre los muertos y desatado de sus ataduras, se sienta a la mesa en representación de su familia (ya que en aquella época, las mujeres no se sentaban a la mesa); y María unge en adoración los pies de Jesús con un costoso perfume que «*ha guardado*» (Jn. 12.7) para el día su sepultura y los enjuga con sus cabellos. ¡Qué experiencia tan refrescante para Jesús: ha sido consentido y mimado! Alimentado de cuerpo y alma está mejor preparado para enfrentar los terribles días que se le aproximan (Jn. 12.7).

Un pasaje paralelo en el Evangelio de Mateo registra las palabras de Jesús: «*De cierto os digo que dondequiera que se predique este evangelio, en todo el mundo, también se contará lo que ésta ha hecho, para memoria de ella*» (Mt. 26.13).

Guía de estudio 5

Tres atractivos solteros

La familia de Marta, María y Lázaro (Lc. 10.38-42 y Jn. 11.1-12.11)

El hogar de Marta, María y Lázaro estaba al servicio de Jesús y su ministerio. Los tres llegaron a ser amigos muy queridos del Maestro, con quienes desarrolló una relación cercana. Su historia está en los cuatro evangelios. En la época en que los seres humanos se realizaban generalmente por casarse y tener hijos, ellos permanecían solteros ... y contentos al servicio de Jesús. Cada uno tenía su estilo. La muerte golpeó la puerta de los amigos de Jesús, y en medio de una pesada nube de tragedia y muerte, Jesús --la resurrección y la vida-- se hizo presente para desatarlos y transformarlos.

Preguntas para la discusión

1. Comenzando con el pasaje de *Lucas 10.38-42*, señale algunas características de cada uno de los miembros de esta familia. ¿Cuáles son los papeles o roles asignados a cada miembro? ¿Cómo se asignan los papeles o roles en una familia? ¿Cuándo se transforma el ejercicio de esos roles en un conflicto?

2. ¿Dónde están los padres de Marta, María y Lázaro? ¿Por qué no se los menciona? ¿Por qué estos tres jóvenes no se han casado, en una época en la cual se esperaba que estén dando hijos a la patria?

3. En los pasajes paralelos de Mateo (26.6-13) y Marcos (14.3-9) se menciona a alguien más en la casa de estos tres atractivos solteros: Simón el leproso. ¿Quién es este Simón? ¿Por qué está en esta casa? ¿Hay algo que explique su presencia?

4. En *Juan 11* se describe la muerte de Lázaro, a quien Jesús amaba (v. 36). ¿Por qué la muerte prematura llega a una familia que sirve a Dios? ¿Por qué los amigos de Jesús no están exentos de tragedias?

5. Observe algunas diferencias en los diálogos de Marta y María con Jesús entre los pasajes de Lucas 10.38-42 y Juan 11.20-30. ¿Quién hace la reflexión teológica? ¿Quién levanta las preguntas prácticas? ¿Qué aprendemos?

6. Ante la tumba de Lázaro Jesús está profundamente conmovido (vv. 33 y 38). Está por librar una batalla decisiva contra la muerte instalada en esta familia. La vida triunfa sobre la muerte y Lázaro sale de la tumba. Sin embargo, debe ser desatado (11.44c). ¿Qué cosas atan a Lázaro además de las vendas?

7. *Juan 12* relata que sus amigos de Betania le hicie*ron* una cena a Jesús. Observe cómo actúa cada uno de los miembros de la familia. ¿Se nota algún cambio? ¿Qué ha pasado en esta familia?

Conclusión

La familia nuclear no es la única ni necesariamente la más apta para servir a Jesús. Esta familia unigeneracional de tres atractivos solteros glorifica a Dios en la vida o en la muerte. Su calidad de solteros no es un impedimento sino un aval para servir al Maestro. Su afán por servir mejor a Jesús lleva a las hermanas a una polarización tensa y fatigosa. En medio de la tragedia de ver morir poco a poco a su hermano acuden a Jesús, su amigo, quien demora en llegar. La presencia de Jesús, la resurrección y la vida, quita de esta familia la nube oscura de muerte y la capacita para un mejor servicio.

Capítulo 6

Una familia que nunca se formó

La historia de la mujer samaritana (Jn. 4.1-42)

En los tiempos bíblicos era de esperarse que una persona formara parte de un grupo familiar para sobrevivir. En esta historia, por el contrario, nos encontramos con una mujer no simplemente sola, sino además aislada de su ambiente. La razón parece ser sus consecutivos e infructuosos intentos de establecer una pareja y de formar, como todas o la mayoría de las mujeres de la época, una familia.

Una historia de fracasos amorosos

La mujer samaritana, cuyo nombre no registran las páginas de la Escritura, había tenido «*cinco maridos*» (v. 18) y vivía en unión libre con otro más que tampoco era su marido. Me atrevo a afirmar que esta serie de experiencias afectaron profundamente la autoimagen de esta mujer y su capacidad de relacionarse. No hay ser humano sobre la tierra que pueda experimentar cinco fracasos amorosos sin preguntarse: «¿qué me sucede?, ¿qué me falta?, ¿soy normal?, ¿carezco de...?». Hombres y mujeres, por igual, suelen ser afectados ante la reiterada ruptura de sus relaciones significativas, sólo que las culturas machistas y patriarcales se han encargado de establecer códigos de doble moralidad que condenan con más rigor a la mujer ante la ruptura de una relación de pareja.

Cuando todas las compañeras de escuela de la mujer samaritana ya habían formado un hogar y procreado hijos

--que en aquellos tiempos equivalía a conseguir un certificado de aceptación social, especialmente si se trataba de hijos varones--, ella se debatía todavía en la tarea de retener a un hombre para formar pareja. Sin esposo y sin hijos ella era, en su propio pueblo, como un ser de otro planeta. Más aún, representaba, sin duda, una «amenaza» para las mujeres «decentes» y una «tentación» para los hombres que podían percibirla como «mujer fácil». No había otro remedio que aislarla, como a los leprosos.

Pero los golpes más duros eran probablemente los que ella misma se imponía. Al no haber logrado retener como marido a ninguno de los cinco hombres en su vida, su esperanza de establecer una relación significativa con el sexto debía ser muy limitada. Su autoestima debía estar erosionada, su autoimagen cuestionada. Aislada por los demás, ella misma se había aislado; juzgada por los demás, ella misma parece haberse juzgado con más rigor. Llegaba al pozo a recoger agua a la «*hora sexta*» (v. 6b), al mediodía, cuando sus vecinas --según la costumbre-- madrugaban por agua. Así no tenía que cruzarse en el camino con alguien en el camino que le preguntase: «¿cómo estás?»; así no tenía que entrar en conversaciones al borde del pozo y dar explicaciones; así podía evitar que una vez más se abrieran sus heridas.

Una historia contemporánea

En mi consulta pastoral y terapéutica me encuentro con muchos «samaritanos» --hombres y mujeres-- que han visto hacerse añicos sus proyectos de vida en pareja o en familia por circunstancias diversas. Muchos cierran el corazón después del primer fracaso; otros intentan comenzar de nuevo y se dan otra oportunidad. Unos encuentran maneras saludables de funcionar como solteros y solteras, como divorciados y divorciadas, como madres y padres solos; otros, sin querer, repiten los patrones disfuncionales de relación que heredaron de sus antepasados o de sus anteriores compañeros. Hoy más que nunca, cuando el modelo occidental de escoger pareja tiende a universalizarse a través de los medios de comunicación social, cuando los rápidos cambios tecnológicos y los procesos migratorios han despojado a la gente de sus redes de apoyo, se corre el peligro de producir en masa generaciones enteras de «samaritanos». El amor romántico, basado exclusivamente en los sentidos, parece ser hoy el único punto de referencia para la pareja. A la relación sexual se la ha despojado de los valores de responsabilidad, mutualidad, compañerismo, solidaridad y reproducción. No se espera que las relaciones de pareja sean permanentes.

«Le era necesario pasar por Samaria»

Como terapeuta familiar fui entrenado para observar todos los detalles de una interacción, con la convicción de que nada de lo que se dice o se hace en una entrevista es superfluo, secundario o trivial: *todo* tiene significado. El pasaje nos dice que Jesús «*salió de Judea, y se fue otra vez a Galilea*» (v. 3). El escritor de la historia nos advierte que judíos y samaritanos «*no se tratan entre sí*» (v. 9c). Los judíos mantenían una enemistad permanente con los samaritanos, por considerarlos una mezcla de razas y religiones. Cuando un judío viajaba entre las dos provincias (Judea y Galilea), generalmente escogía una ruta que le evitara el contacto con los samaritanos para no «contaminarse». Sin embargo, el evangelista Juan nos dice que a Jesús «*le era necesario pasar por Samaria*» (v. 4). Me pregunto, entonces, ¿qué *necesidad* tenía Jesús de transitar por esa ruta? ¿No sería la de encontrarse con los samaritanos, comenzando con la mujer en el pozo, para compartirles el evangelio, la buena noticia de que Dios «*no hace acepción de personas*» (Dt. 10.17; Ef. 6.9; Col. 3.25)?

Esta actitud de Jesús, pintada magistralmente por el evangelista Juan, me infunde mucho aliento en mi trabajo con familias, especialmente con aquellas que han sido más duramente golpeadas por la vida, con aquellas que vez tras vez han saboreado el polvo de la derrota en sus intentos infructuosos de formar familias estables, saludables y nutritivas. La convicción de que Jesús está de parte de los que sufren, de las mujeres excluidas de la sociedad, de los «samaritanos» de ayer y de hoy, me anima a seguir trabajando en situaciones en las que humanamente no veo mucha esperanza. Con frecuencia confronto creyentes e iglesias cristianas que, en su afán de defender a «la familia», «la pareja», «la moral», se olvidan que su Maestro les tomó la delantera al «*pasar por Samaria*».

Una opción arriesgada

«*Pasar por Samaria*» no era una opción sin riesgo. La reputación de Jesús como rabino podía quedar gravemente perjudicada. Ningún judío con sentido común habría insistido en pasar por Samaria. Ningún rabino en sus cabales jamás se habría permitido establecer una conversación con una mujer y menos todavía con una samaritana de dudosa reputación, en un lugar aislado y en una hora inadecuada. Pero Jesús lo hizo. Sus propios discípulos que «*habían ido a la ciudad a comprar de comer*» (v. 8), a su regreso «*se maravillaron de que hablaba con una mujer*» (v. 27).

El evangelista Juan pinta a Jesús iniciando la conversación. El tema es un elemento común a los dos: el agua. Jesús está sentado junto al pozo, pero no tiene cómo extraer el agua que necesita para saciar su sed y aliviar su cansancio (v. 6b). La mujer tiene los medios para sacar el agua y compartirla. Jesús, entonces, se declara necesitado: «*Dame de beber*» (v. 7b). De esa manera se conecta con esta mujer necesitada. Jesús no parte «de arriba», desde una posición privilegiada. Comienza «desde abajo», desde donde está su interlocutora; se identifica con la necesidad, se «encarna» una vez más en el contexto específico de esta mujer. Sólo así el diálogo es significativo, abierto, franco y provechoso.

La mujer está sorprendida. «*¿Cómo tú, siendo judío [un hombre], me pides a mí de beber, que soy* mujer *samaritana?*» (v. 9). Jesús, al declararse necesitado e identificarse así con la mujer en su necesidad, rompe dos barreras: la sexual y la racial. Ahora puede proseguir la conversación. En efecto, ésta se convierte en un diálogo teológico alrededor del «*agua viva*» (vv. 10-15), de la herencia religiosa de sus respectivos pueblos (v. 12) y de la sed del alma. Cuando Jesús le ofrece «*agua viva*» (v. 10c), la cual no sólo calma la sed para siempre (v. 14a), sino que produce el milagro de transformar al sediento en «*una fuente de agua que salte para vida eterna*» (v. 14c), la mujer ya ha bajado sus defensas y está completamente involucrada en la conversación. Pide, entonces, el agua viva, pero como un medio para acentuar su aislamiento. «Con el agua viva --piensa ella-- puedo encerrarme en casa, en mi aislamiento y depresión. No tengo que enfrentar la vergüenza de salir a mediodía al pozo, ni el dolor de ser ignorada por mis vecinos». Responde, entonces: «*Señor, dame esa agua, para que no tenga yo sed, ni venga aquí a sacarla*» (v. 15).

Ya que el proyecto de Jesús no es alienar a la gente ni confinarla en su soledad, lleva la conversación hacia el punto más sensible, más doloroso y más necesitado de un bálsamo: su vida familiar. No hay persona que pueda permanecer indiferente a su propia historia familiar. Sea que haya sido bendecida por su familia o que haya experimentado mucho sufrimiento, los invisibles y poderosos lazos familiares permanecen, como una fuerza liberadora o como una pesada cadena de opresión. Nadie se libra «así no más» de sus familias. En las familias se puede entrar, pero no se puede salir. Seis abortos de familia en el alma de la mujer samaritana habían dejado una secuela de fantasmas que debían ser enfrentados.

Al corazón del asunto

Jesús percibe que, para que esta persona disfrute del agua viva y se transforme en una fuente que salte para vida eterna, ella no puede seguir huyendo y escondiéndose; sus heridas deben ser sanadas, sus temores enfrentados, su autoimagen reconstruida y sus relaciones restablecidas. Jesús le dice, entonces, a la mujer: «*Vé, llama a tu marido y ven acá*» (v. 16). La mujer admite, con franqueza, que no tiene marido, que está desprotegida, que cinco intentos fracasados han lacerado su alma y la han empujado al ostracismo.

En este momento, la mujer --a mi juicio-- intuye peligro. Este hombre amable, que se declara necesitado, que no tiene reparos en hablar con una mujer sobre tópicos espirituales, y que «parece ... profeta» (v. 19), está aproximándose demasiado, está pisando terreno privado; está tocando temas muy íntimos ... y dolorosos. Será mejor desviar la conversación a un terreno más neutral y seguro: el de la religión. Es menos amenazante discutir opiniones y preferencias religiosas sobre, por ejemplo, el lugar «correcto» para adorar. Así, una conversación siempre puede extenderse sin tener que llegar a una conclusión. «Ustedes los judíos ... nosotros los samaritanos ... ¿quiénes tienen la razón?» Jesús no se deja atrapar por la falsa alternativa. Plantea la nueva época que se avecina, la del Mesías, en la cual todo santuario ubicado geográficamente se volverá obsoleto, ya que «*los verdaderos adoradores adorarán al Padre en espíritu y en verdad*» (v. 23).

La mujer tiene ahora la opción de participar en el nuevo orden de los verdaderos adoradores. Si este forastero se declaró necesitado de agua, ella también puede declarar su necesidad del agua de vida que la transforme en una fuente que salte para vida eterna. Si este rabino arriesgó su carrera al hablar con ella, ella también puede confesar su esperanza en el Mesías «*que ha de venir*» (v. 25). Ante esta confesión de su esperanza y confianza en el reino mesiánico, Jesús le declara: «*Yo soy [el Mesías], el que habla contigo*» (v. 26).

Un encuentro liberador

Un auténtico encuentro entre el Mesías esperado y la mujer necesitada de agua viva ha tenido lugar en Samaria. El poder transformador y restaurador de Dios se ha hecho presente junto al pozo de Sicar. La aceptación incondicional de Jesús a esta mujer quebrantada se ha hecho efectiva. No sólo hay esperanza para ella, sino también un nuevo desafío para que su vida se convierta en un testimonio fiel del poderoso amor de Dios, en «*una fuente que salte para vida eterna*» (v. 14).

La mujer, entonces, «*dejó su cántaro, y fue a la ciudad, y dijo a los hombres: Venid, ved a un hombre que me ha dicho todo cuanto he hecho. ¿No será éste el Cristo?*» (vv. 28, 29, 39c). La mujer que escondía bajo su velo y su soledad los repetidos fracasos sentimentales, sale ahora con la frente en alto en dirección al pueblo del cual se había distanciado. La que iba al pozo a la hora menos frecuentada a fin de pasar inadvertida, ha cobrado ahora un gran aplomo. Ya no huye. Ahora testifica de su encuentro transformador con el Mesías. Convertida en un heraldo del amor de Dios, ahora invita al pueblo a encontrarse con quien le ha dicho todo lo que ha hecho, pero sin juzgarla; le ha hecho una radiografía de su pasado, sin herirla; le ha mostrado la frescura sanadora del agua de vida, sin avergonzarla.

Un resultado espectacular

El resultado de su testimonio es espectacular: «*Muchos de los samaritanos de aquella ciudad creyeron en él por la palabra de la mujer, que daba testimonio...*» (v. 39). En América Latina, las iglesias evangélicas, mayormente de tipo pentecostal, están creciendo vertiginosamente. Son mayormente iglesias que surgen entre los sectores populares, entre los pobres, los marginados, los olvidados por la religión oficial y por los proyectos gubernamentales. No puede evaluarse su comprensión del evangelio por la capacidad de poner su fe en declaraciones iluminadas o en expresiones doctrinales abstractas. El impacto de las Buenas Nuevas más bien se mide por los testimonios acerca del poder transformador de Cristo en su vida. El borracho deja de beber; la prostituta encuentra una comunidad de apoyo para iniciar una nueva vida; el drogadicto abandona el vicio y se transforma en un testigo de Jesús; la madre abandonada encuentra en Dios su amparo y fortaleza, y en la comunidad de creyentes, su familia; el «macho» que engendraba hijos por doquier se transforma en esposo y padre fiel, amoroso y responsable.

La transformación de la mujer samaritana es elocuente. Todos cuantos la conocen notan con certeza que algo le ha sucedido. Su semblante ya no está desfigurado por los surcos de la melancolía; su sonrisa, ausente por mucho tiempo, ha vuelto a iluminar sus ojos; sus pesados pasos, agobiados por la angustia y la culpa, ahora son ligeros; su voz es asertiva, diáfana, agradable al oído. ¡Hay que verla! ¡Se ha convertido en un signo viviente de esperanza! Si alguien ha logrado realizar este milagro en la vida de esta mujer, merece ser conocido, escuchado ... adorado.

La historia de este encuentro finaliza con la invitación a Jesús y sus discípulos a quedarse unos días en medio de los samaritanos. La historia de la salvación en Sicar, iniciada con el diálogo de Jesús con una mujer cuyos sueños de formar un hogar se habían roto repetidas veces, seguía tomando su curso. «*Y creyeron muchos más por la palabra de él*» (v. 41), ya que conocieron en su propia vida que «*verdaderamente éste es el Salvador del mundo, el Cristo*» (v. 42).

Guía de estudio 6

La familia que nunca se formó

La historia de la mujer samaritana (Jn. 4.1-42)

Si la ruptura de una relación significativa es dolorosa, imaginemos el dolor de cinco fracasos amorosos y sus efectos en la vida de una persona. La mujer samaritana vivía escondiéndose de su gente, evadiendo las relaciones cotidianas y seguramente juzgándose con dureza. Un día se encontró con un joven rabino junto al pozo de Sicar. El rabino, en contradicción a la costumbre de no tratar con samaritanos y menos con mujeres, le pidió agua del pozo y entabló con ella una conversación redentora. El diálogo comenzó con el agua, pasó a asuntos de la religión y aterrizó en las cicatrices afectivas de la mujer. La samaritana saboreó el agua viva y se transformó en una eficaz mensajera del poder redentor de Jesús.

Preguntas para la discusión

1. ¿Qué indicios hay en el pasaje de que la mujer samaritana tenía un gran vacío?

2. Tomando en cuenta que los rabinos no hablaban con mujeres y que los judíos no se trataban con los samaritanos (v. 9c), Jesús inicia el diálogo con la mujer. ¿Cómo comienza el diálogo? ¿Cuál es el punto de contacto? ¿Qué nos enseña esto?

3. En el versículo 16 Jesús dirige la conversación al punto neurálgico: la vida familiar de la mujer samaritana. En el versículo 19 la mujer desvía la conversación al terreno de la religión: los profetas, los santuarios, la adoración. ¿Por qué?

¿Cómo aprovecha Jesús este giro para presentar su mensaje sanador?

4. ¿Qué significado tuvo la discusión de la vida personal y familiar (vv. 29, 34) en la conversión de la mujer samaritana? ¿En qué momento se convirtió?

5. ¿Cuáles fueron los efectos de su encuentro con Jesús, junto al pozo de Sicar, en su vida (vv. 28-29) y en la de los ciudadanos de Samaria (vv. 30, 39-42)?

Conclusión

Jesús al pasar por Samaria (v. 4) no sólo rompe con los prejuicios de raza, religión y género de su época, sino que también afirma un modelo de ministerio con los que han sido heridos por la vida y el amor, privados de relaciones significativas, juzgados severamente por la sociedad o por ellos mismos. Al pedir agua, Jesús ofrece el agua viva y convierte al alma sedienta en «*una fuente que salte para vida eterna*» (v. 14b). De esta manera, vuelve a conectar al marginado con su Dios, consigo mismo y con su prójimo, y lo devuelve a su comunidad transformado en un heraldo de su poder sanador.

Capítulo 7

Redes de apoyo

Tomás y la familia de la fe (Jn. 20.19-29)

La cultura occidental nos induce a pensar que los lazos familiares se establecen únicamente por la sangre o por la ley. La descendencia y el matrimonio tienden a ser vistos como las formas privilegiadas de establecer relaciones significativas. Con razón las personas solteras, divorciadas o viudas enfrentan dificultades para encontrar su lugar entre los que no tienen conciencia de que existen otras formas significativas de ser y hacer familia.

En la Biblia encontramos muchos ejemplos de familias formadas más allá de los vínculos establecidos por la procedencia biológica o por la procreación. La amistad, la solidaridad, el compromiso y la fe se presentan en el mensaje bíblico como elementos aglutinantes poderosos y eficientes para formar familia, sea porque los lazos tradicionales fallan, porque están ausentes o, simplemente, en adición a ellos. David y Jonatán, Noemí y Rut, Jesús y sus discípulos son ejemplos de familias por elección, en contraposición a las familias de sangre y por procreación.

No son aisladas las citas bíblicas que describen a la iglesia como «*la familia de la fe*» (Gá. 6.10; *cf.* Ef. 2.19). De modo que no hay creyente en Cristo Jesús que esté desprovisto de familia, confinado a la soledad. Porque de lo primero que Dios nos quiere librar, al llamarnos a su camino, es del aislamiento. Dios nos saca de la soledad y nos pone en comunidad, nos saca de la orfandad y nos pone en familia. En la enseñanza de Jesús, los lazos de «*todo aquel que hace la voluntad de Dios*» (Mr. 3.35) son más poderosos y permanentes que los lazos creados por el linaje o por el registro civil. El Nuevo Testamento no pocas veces utiliza el vocabulario relativo a la familia para describir esa nueva comunidad, la iglesia. Dios es nuestro Padre (Mt. 6.9; Ro. 8.15; Ef. 4.6), Cristo es el «primogénito entre muchos hermanos» (Ro. 8.29) y todos los creyentes somos hermanos en Cristo (Lc. 22.32; Hch. 11.29; Flm. 16).

El caso de Tomás

La historia de Tomás ilustra, en el pasaje arriba indicado, el valor incalculable de la familia de la fe que, en los difíciles momentos de duda y de crisis, lo sostiene y le provee el ambiente necesario para el encuentro restaurador con el Cristo resucitado. Es necesario tomar en serio esa «nueva» familia por elección, creada alrededor del seguimiento a Jesús, y consolidada por su palabra y por el polvo de los caminos recorridos en solidaridad.

El texto bíblico ubica esta escena en el contexto del domingo de resurrección, en «*la noche de aquel mismo día*» (v. 19). Es una escena electrizante: Jesús resucitado se presenta a los discípulos que estaban encerrados en un lugar «*por miedo de los judíos*» (v. 19b), los saluda con la paz (v. 19c), y les muestra las manos y el costado traspasados (v. 20). El temor, entonces, se transforma en gozo (v. 20b) y en ese nuevo ambiente de alegría y celebración Jesús les encomienda la misma misión que el Padre le había encomendado a él: los «*envía*» (v. 21c) al mundo y los equipa con el Espíritu Santo (vv. 22-23).

El versículo siguiente (v. 24) introduce la nota discordante: «*Pero Tomás, uno de los doce ... no estaba con ellos cuando Jesús vino*». ¿Dónde estaba Tomás? No lo sabemos. Tal vez estaba escondido en algún otro lugar, paralizado de miedo. Tal vez dormía, exhausto por la dura jornada de los días anteriores. Tal vez buscaba pruebas privadas de la resurrección. Tal vez estaba tratando de ahogar sus penas en la taberna de la esquina. El pasaje no lo explica.

Lo importante es que Tomás regresa a su comunidad. Sus compañeros lo rodean alborozados y le cuentan de la visita de Jesús: «*¡Al Señor hemos visto!*» (v. 25a), ante lo cual Tomás afirma: «*Si no viere en sus manos la señal de los clavos, y metiere mi dedo en el lugar de los clavos, y metiere mi mano en su costado, no creeré*» (v. 25b). Desde entonces Tomás ha pasado a la posteridad con un apodo poco deseable: «Tomás el incrédulo».

En defensa de Tomás

Antes de ejercer juicio sobre Tomás es necesario reconocer su valentía, franqueza, sensatez y perseverancia.

En efecto, Tomás es valiente, expresa sus dudas. En lugar de callarlas, las verbaliza; en lugar de pretender que todo está bien, saca a la luz sus agonías; en lugar de acomodarse a la opinión de la mayoría, osa nadar contra la corriente; habla, no calla. Esto es aleccionador. En efecto ese es el primer paso en el camino de recuperación de la persona afligida; es el inicio de todo proceso terapéutico. Como pastor, psicoterapeuta y --sobre todo-- como ser humano sé cuán liberador es abrir el alma y dejar que llore, cuán sanador es expresar las penas, cuán restaurador es ventilar las dudas.

La duda, con su incomodidad y agonía, es un ingrediente en el caminar de fe de todo creyente. La duda es normal y necesaria, y hasta diríamos buena. Es, por lo general, la antesala a una fe más robusta. Hay épocas en la vida de todo ser humano en que la duda se nos aproxima con más persistencia. La adolescencia es una de ellas. La mente del adolescente ha dado ya el último salto cualitativo en la manera de organizar el pensamiento. Ya puede el joven y la muchacha, a partir de los once, doce o trece años, manejarse no sólo con la abstracción de los conceptos, sino con toda la sutileza y la formalidad del pensamiento. Es natural, entonces, que el adolescente dude de Dios, del diablo, del presente y del porvenir, de las enseñanzas que dócilmente recibió en la infancia. Es normal y necesario que dude si quiere equiparse para la vida con creencias, convicciones y valores que superen las caricaturas de la fe bebidas en la leche materna, o aprendidas en la escuela dominical, o inculcadas con el catecismo. El joven tiene que articular una fe propia para el resto de su peregrinación sobre la tierra, y para ello tiene que dudar. Dichoso el adolescente que encuentra oídos comprensivos, pacientes y, sobre todo, que no se escandalizan por sus dudas.

Pero, pasada la adolescencia, la duda no termina. Aparece en forma intermitente ... como un medio de gracia ... Porque necesitamos revisar permanentemente nuestra teología y nuestra fe para hacerlas relevantes a nosotros mismos y a los que nos rodean, a quienes somos enviados como testigos. Necesitamos, con frecuencia, revisar nuestro equipaje teológico si queremos seguir creciendo en la fe abiertos al futuro, sin construir ídolos de nuestras creencias. Sólo así podemos evitar la tentación de domesticar a Dios para nuestro servicio e interés personal, racial o nacional. ¡Cuán saludable es dudar y expresar esas dudas con valentía y sinceridad, como Tomás!

En segundo lugar, Tomás no sufre solo: está en familia, en comunidad. El versículo 25 narra que Tomás «*les dijo*». Además de ser valiente y sincero, Tomás es sensato. Sabe ante quiénes expresar sus dudas, sus congojas, sus angustias. Sabe que no se debe desnudar el alma ante cualquier persona. Intuye que debe existir una relación significativa para abrir el corazón sin el peligro de ser atropellado, mal comprendido, descalificado o juzgado. Tomás no va al bar de la esquina a hablar de sus dudas; lo hace en la compañía de los seguidores de Jesús, sus compañeros, su familia por elección. Ellos no se escandalizan de sus preguntas, no lo juzgan, no lo avergüenzan, sino lo escuchan y lo sostienen. La incipiente iglesia, que ha aprendido de su Señor y Salvador a ser esa nueva familia, la comunidad terapéutica por excelencia, acoge en su seno a Tomás, que sufre, duda y batalla. Es la comunidad que ha sido consolada y sabe consolar (2 Co. 1.4); es la familia que conoce que «*muchas son las aflicciones del justo, pero de todas ellas le librará Jehová*» (Sal. 34.19).

En tercer lugar, Tomás, además de ser valiente y sensato, es perseverante. El versículo 26 describe a Tomás con los discípulos «*ocho días después*» (v. 26a). Para un ser que se ahoga en un mar de preguntas y dudas han pasado ocho eternos días con sus respectivas ocho eternas noches. Pero Tomás está allí, junto a los doce, aunque sus preguntas no han sido aclaradas, ni sus exigencias resueltas, ni sus congojas disipadas; allí está, hundido en sus preguntas, pero presente. La comunidad ya sabe que el seguimiento de Jesús tiene que practicarse con frecuencia «*por fe ... no por vista*» (2 Co. 5.7) y que la gracia de Dios es inconmovible aunque no se la sienta. Puede, entonces, repetirse Tomás las palabras del salmista: «*aunque ande en valle de sombra de muerte, no temeré mal alguno, porque tú estarás conmigo; tu vara y tu cayado me infundirán aliento*» (Sal. 23.4).

Un triple peligro

Sin embargo, hay serias preocupaciones. Tomás se encuentra ante un triple peligro. En primer lugar, se ha cerrado a la palabra de Jesús. Detrás de la desconfianza a la palabra de sus compañeros está, ante todo, la desconfianza a la palabra del Maestro. Jesús personalmente había expresado, varias veces y de diversas maneras, que la tumba no sería el capítulo final escrito sobre su vida, que la muerte no podría detener al autor de la vida: «*Destruid este templo, y en tres días lo levantaré*» (Jn. 2.19-21); «*porque como estuvo Jonás en el vientre del gran pez tres días y tres noches, así estará el Hijo del Hombre...*» (Mt. 12.40); «*...yo pongo mi vida, para volverla a tomar*» (Jn. 10.17). Al cerrarse Tomás a la palabra de Jesús, está en un peligro similar al de Adán y Eva en el paraíso cuando la serpiente cuestionó la validez de la palabra de Dios: «*¿Conque Dios os ha dicho...?*» (Gn. 3.1).

Tomás, como discípulo de Jesús, vio con sus propios ojos que los ciegos recobraban la vista, los cojos andaban, los pobres oían el evangelio y los cautivos eran liberados. Saboreó los panes y los peces que Jesús multiplicó para la gente. Escuchó de los labios de Jesús las verdades del Reino de Dios irrumpiendo en la historia humana. Pero en el momento de la crisis, la «fe» afirmada en los cinco sentidos parece no ser suficiente. Si la fe de Tomás se construyó sólo sobre los milagros y los prodigios, en el momento de la prueba no fue capaz de soportar la tormenta. Parece que a Tomás le hacía falta ampliar el alcance de su fe para afirmarla en terrenos que estuviesen más allá de la mera evidencia provista por los sentidos. Sólo así podría oír la bienaventuranza que Jesús pronunciaría luego: «*Bienaventurados los que no vieron, y creyeron*» (v. 29).

En segundo lugar, Tomás está en peligro de cerrar su corazón a la palabra de sus compañeros. Cuando ellos le relatan entusiasmados la visita de Jesús (v. 25), su testimonio es descalificado. Después de cerrar el corazón a Jesús y su palabra, cerrar el corazón a la palabra de sus hermanos no es difícil. Las líneas vertical y horizontal en el caminar de la fe están interrelacionadas. Si la palabra de Jesús no ha sido suficiente para Tomás, la palabra de su prójimo lo será menos.

En tercer lugar, Tomás está en peligro de encerrarse a sí mismo en una sentencia definitiva y asfixiante: «*si no viere ... si no metiere mi dedo ... y ... mi mano ... no creeré*» (v. 25). Un ser humano está al borde de lanzar su vida a un estilo de existencia empobrecida, reducida, sin horizontes y sin compromisos; porque creer es también comprometerse. No creer es vivir sin compromisos vitales, es vivir una vida vacía, estéril, sin sentido. Cuando no hay ideales que nos trascienden, ni metas hacia las cuales apuntar los esfuerzos cotidianos, ni una estrella a la cual perseguir, nuestra vida se empobrece, se deteriora, se deforma, se esfuma. Nada hay más triste que la vida de un hombre o una mujer que ha resuelto «no creer» en nada ni en nadie, y ha hecho de la incredulidad un estilo de vida. He aquí un hombre, Tomás, que ha condicionado su fe y su compromiso a la evidencia de los sentidos; que pretende poner la victoria de la vida sobre la muerte, el triunfo del amor sobre el odio, el comienzo de una nueva era bajo el reducido alcance de su tacto; que está a punto de declarar «no hay vida, ni amor, ni belleza, ni bondad, ni solidaridad, ni esperanza ... si yo no lo puedo medir, pesar y palpar». Esa filosofía de vida no es tan moderna como habíamos pensado, pero hoy, más que nunca antes, parece haber ganado preeminencia en nuestro siglo moldeado por los avances científicos y los valores materialistas.

El verdadero peligro para Tomás, entonces, no está en la duda. Dios parece no ponerse jamás nervioso porque un ser humano, incluyendo a Jesús su hijo, levante un grito al cielo con la desgarradora pregunta «*¿Por qué...?*» (Mt. 27.46). El verdadero peligro está en que las dudas nos conduzcan a cerrar el corazón a Dios, al prójimo y a nosotros mismos. De allí al cinismo y a la desesperanza no hay más que un paso.

El encuentro

El versículo 26 nos dice: «*Ocho días después ... llegó Jesús, estando las puertas cerradas*». No hay barreras que detengan al «*autor y consumador de la fe*» (He. 12.2) cuando un alma está atribulada. De modo que, después de su habitual saludo: «*Paz a vosotros*» (v. 26c), se dirige a Tomás y lo invita a poner sus dedos en el lugar de los clavos y meter su mano en su costado lacerado. Parecería que sólo un encuentro personal con el Cristo resucitado es capaz de liberar a Tomás de su agonía; sólo sus manos horadadas y su costado herido pueden llenarlo otra vez de fe y confianza.

Con razón la tradición apostólica afirma que sólo el encuentro personal con el Cristo resucitado nos conduce a la fe, que sólo cuando nuestro nombre resuena en los labios del Maestro nace en nosotros la esperanza; sólo cuando la iniciativa de Jesús nos alcanza podemos volver a caminar con seguridad. Tomás pensaba que buscaba al Jesús resucitado, pero era al revés: Jesús resucitado buscaba a Tomás para ofrecerle las «pruebas» suficientes que lo afirmaran en su fe. Tomás podría haber cantado el himno:

Yo te busqué, Señor, más descubrí
que tú impulsabas mi alma en ese afán;
que no era yo quien te encontraba a ti.
Tú me encontraste a mí.

Tu mano fuerte se extendió y así,
tomado de ella, sobre el mar crucé;
mas no era tanto que me asiera a ti.
Tú me alcanzaste a mí.

Te hallé y seguí, Señor, mi amor te di,
mas sólo fue en respuesta a tanto amor,
pues desde siempre mi alma estaba en ti.
Siempre me amaste así.

Desde aquel encuentro de Tomás, en representación de todos nosotros, con el Jesús resucitado, la iglesia ha afirmado que la verdadera fe en Jesús no es el resultado de la tradición que se asimila con la leche materna, ni de los credos doctrinales que pueden repetirse de memoria, ni de los complejos postulados teológicos, sino del encuentro personal con el Cristo resucitado, en el contexto de la familia de la fe. Preguntémosles a Jacob, a Saulo de Tarso, a Augustín de Hipona, a Lutero y a todos cuantos en la historia de la iglesia se han comprometido con la misión de Dios en el mundo. Ellos nos responderán que su compromiso no surge de la luz de la razón iluminando su cerebro, ni de la fuerza de la emoción sacudiendo su corazón, ni de la merecida recompensa a sus esfuerzos humanos, sino de la indiscutible presencia de Dios en su vida, resultado de un encuentro restaurador y renovador con el Todopoderoso.

El fruto del encuentro

Como resultado de este encuentro Tomás no necesita ejercitar sus sentidos en el cuerpo de Jesús. La sola presencia de Jesús le basta para dar un salto cualitativo de fe, caer de rodillas y exclamar: «*¡Señor mío y Dios mío!*» (v. 28). Aquel que desconfió de la palabra de Jesús, que descalificó el testimonio de sus hermanos y que puso condiciones para creer, hace ahora la confesión más categórica y concisa del Nuevo Testamento: «*¡Mi Señor y mi Dios!*» (VP). Tomás nunca fue más grande que cuando de rodillas susurró esas palabras ante Jesús; nunca fue más él mismo que cuando decidió gozosamente someterse bajo el señorío de Jesús. «*¡Mi Señor y mi Dios!*» ¿No fue ese acaso el credo de los primeros cristianos: «Jesucristo es el Señor»? La afirmación del señorío y de la deidad de Jesús ¿no ha distinguido a los cristianos de las múltiples sectas que han surgido recurrentemente en la historia de la iglesia? La afirmación del señorío de Cristo, con el corazón y los labios, ¿no confirma acaso nuestra salvación, como se establece en Romanos 10.9-10?

Luego de esa confesión de Tomás viene una bienaventuranza, la última de los evangelios: «*Bienaventurados los que no vieron, y creyeron*» (v. 29). Dichosos los que no dependen de las pruebas tangibles para creer, sino que se arriesgan a dar un salto de fe, porque caerán en los brazos cariñosos del Padre Celestial. Felices los que se atreven a confiar en las palabras de Jesús y en el testimonio de la familia de la fe, porque aprenderán a caminar con él y a caminar en comunidad. Bienaventurados los que no ponen sentencia a su vida con un «*no creeré*» y se abren a la fe, a la esperanza, al amor, porque su vida será completa, valiosa, significativa, comprometida con el actuar de Dios en la historia. No habrán vivido en vano y no habrán vivido solos.

Conclusión

No hay referencias bíblicas a lo que hizo Tomás después de este encuentro, pero la tradición insiste en que viajó a la India e inició allí la Iglesia de Mar Thomas (Santo Tomás) en el estado de Kerala. Hoy en día hay alrededor de 700.000 creyentes en esa iglesia. Hasta el siglo 16 eran muchos más. Con la llegada de los portugueses a la India en el siglo 17, una gran porción se integró a la Iglesia Católica Romana. Otra parte más pequeña, que se unió posteriormente a la Iglesia Anglicana, está ahora en la Iglesia del Sur de la India. Los tres grupos están de acuerdo en adjudicar sus orígenes a la labor del Apóstol Tomás quien, afirman, desembarcó en las costas de Malabar en el año 52 y murió en el año 72 como mártir en un lugar cercano a Madrás.

Aunque las evidencias que sostienen esta tradición no dejan

de ser ambiguas, tampoco hay pruebas contundentes en su contra. Lo que sí podemos atrevernos a aseverar es que Tomás, afirmado por este encuentro, desarrolló un ministerio fructífero en la vida de la iglesia primitiva. Y que esa iglesia embrionaria, la comunidad de los doce, la familia de la fe, en un momento crítico de su vida lo rodeó con cariño, paciencia y aceptación mientras él se afirmaba en sus propios pies y tenía un encuentro restaurador y transformador con el Maestro, que lo capacitó para vivir y servir el resto de sus días.

Guía de estudio 7

Redes de apoyo

Tomás y la familia de la fe (Jn. 20.19-29)

La Biblia habla de la iglesia como «*la familia de la fe*» (Gá. 6.10; *cf.* Ef. 2.19), un tipo de familia que no se forma por la herencia biológica ni por el registro civil, pero que está llamada y equipada para proveer apoyo, sostén y cariño restaurador a sus miembros, especialmente en momentos de crisis. Eso lo experimentó Tomás, uno de los doce discípulos de Jesús, cuando le atacó la duda. Su familia por elección, sus condiscípulos --el embrión de la iglesia--, lo acogieron sin juzgarlo y lo acompañaron en su angustia hasta que tuvo un encuentro restaurador con el Maestro resucitado. De aquel encuentro en la familia de la fe, Tomás salió fortalecido para servir al Señor el resto de sus días.

Preguntas para la discusión

1. ¿Cuál es el contexto de este pasaje? ¿Qué había sucedido «*aquel mismo día*» (v. 19)?

2. El versículo 24 señala que Tomás se perdió la visita de Jesús resucitado. ¿Dónde habría estado Tomás? ¿Cómo reaccionan sus compañeros frente a su rotunda expresión de no creer si no tiene pruebas visibles y tangibles de la resurrección?

3. ¿Hay algo positivo que puede rescatarse de la conducta de Tomás?

4. ¿Cuáles podrían ser los posibles peligros en la vida de Tomás al quedarse en sus dudas?

5. ¿Qué fue lo decisivo para que Tomás resolviera sus dudas y volviera al camino de la fe? ¿Cómo se efectúa el encuentro con Jesús resucitado hoy en día?

6. Considere la declaración de fe de Tomás en el versículo 28: «*Señor mío y Dios mío*»; «*¡Mi Señor y mi Dios!*» (VP). ¿Qué significa? ¿Qué alcance tiene? ¿Recuerda otras declaraciones parecidas en el Nuevo Testamento?

7. ¿Qué significado tiene para hoy la última bienaventuranza de los evangelios: «*Bienaventurados los que no vieron, y creyeron*» (v. 29b)?

Conclusión

Aunque no hay referencias bíblicas de lo que hizo Tomás después de este encuentro, iglesias en la India insisten en que él fue el apóstol que les llevó el evangelio. Lo cierto es que Tomás experimentó en carne propia el valor de la familia de la fe en momentos de duda, ansiedad y vulnerabilidad. Según afirman las Escrituras en muchos lugares, el encuentro con Jesús es un encuentro en comunidad para vivir y servir en comunidad. En épocas como la nuestra, en la que los lazos naturales de familia se deshacen y el individualismo parece acompañar a todos los procesos de modernización, la familia de la fe --la familia por elección constituida por todos los cristianos-- se vuelve más relevante y necesaria que nunca.